文芸社セレクション

雪《ゆき》解《げ》風《かぜ》

後藤 猛

GOTO Takeshi

文芸社

雪解風《ゆきげかぜ》

1

鳥のさえずりで前田智《さとし》は目を覚ました。ひばりの声のようだ。心地よい声である。だが智には少し違和感も覚える声だった。

「なんだ人工音声か」

それは生命感あふれる自然のものではなく、人間心理を計算して作られた合成音声のようだ。部屋に流れるＢＧＭだった。

そして耳を澄ませば鳥の声に隠れて微かに『ピ、ピ、』と一定のリズムを刻む電子音も聞こえてくる。

智の意識は少し混沌としているが、自分がどこかの個室にいることは分かる。だが、ベッドの感触や部屋の雰囲気も馴染みあるものではなかった。

「ここは、どこだ。う、痛い」

ベッドから体を起こして周囲の様子を見ようとした智の腰に激痛が走り、それを思いとどめさせた。元々腰に持病があるが歩けない程ではない。今はいつも以上に痛む。

痛みで顔を歪めていたのだろう。誰かが智に声を掛けてきた。

「前田智さん、無理をしてはいけませんよ」

その声に聞き覚えはない。

「誰だろう」と思う智の視界にロボットが入ってきた。

そのロボットは小柄な成人男性程の大きさで体型も人間に近い。滑らかに動く様はまるで本物の人間みたいだが、セラミック合金製の体により、それがロボットであることはすぐに分かる。

「なんだ、ロボットか」

智は思わずため息を漏らした。

「私よりアイドル型の方がよろしいでしょうか。他には犬型もありますよ。あ、申し訳ございません。犬型はお喋りができませんでした」

そのロボットはそう言って顔の輪郭形状をした曲面ディスプレイに笑顔を表示させた。

二十一世紀も半ばを過ぎた今ではＡＩ技術も進歩して、ロボットでも並の人間より遥かにまともな受け答えができる。時には冗談も言う。しかし今の智に冗談に付き合う余裕などない。

「いや君でよい。それよりここどこ?」

まだ頭がぼんやりしている智は少々ロボット的な口調になってしまった。

「はい、ここは山南介護病院です。前田智さんは老人ホームの庭でお散歩中に倒れて、この病院に搬送されてきました」

ロボットの方が人間らしい口調で答えた。山南病院といえば智が暮らす山奥の老人ホームから車で20分ほど下った街中にある。智が定期健診で通う病院より大きい。ここに来るのは初めてだった。

「そうだったのか、ありがとう。でもいつ僕は倒れたの?」

「はい、2054年3月11日午前9時15分頃と推察されます。今から2時間10分前です」

「日付までは聞いてない。要は2時間前ということか」と思いつつ、ロボットらしいところもあって何だか安心した。

「そうか、ありがとう」

智は再びロボットに礼を言い、他に聞きたいことを探した。だが思考がまとまらない。

そのときロボットが自発的に話した。

「BGMは前田智さんがお好きな『自然の声シリーズ』から春の章を選びました。他にリクエストがあればお申し付け下さい」

「どこで自分の趣味を調べたのだろう。しかし『自然』ではないなあ」と思いつつ、考えることも苦痛だった。

「いや、これでよい」と答える。

ロボットは暫く智の様子を観察した後、智に聞いた。

「ベッドを起こしますか?」

「ああ、頼む」と智が答える。

ロボットはベッド横のリモコンを操作して智のベッドを少し起こしてあげた。

「あ、ここでいいよ」

周囲の様子が見やすくなった角度で止めてもらった。体が楽になり、意識も少しずつ明らかになってきた。

昔技術者だった智は隣にいる少し愛嬌のあるロボットに興味が湧いてきた。

「彼とどんな会話をしようかな」と考えていたとき、そのロボットの頭部にある小さなランプが青く点灯した。誰かからの呼び出しのサインらしい。

「では私は退室しますので、何かご用がありましたら、そこのマイクに向かって声をお掛け下さい。マイクのランプが青く点灯したら呼び出しOKのサインです」

そう言って彼はベッドの脇に備え付けられた小さなマイクを指した。

「申し遅れました。私はタイプA介護ヒューマノイドTA152型です。名前はターちゃんです。私にご用がある際は『ターちゃん』とお声掛けください」

「ちなみにアイドル型はタイプB介護ヒューマノイドFZ1001型です。名前はミーちゃんです」

智は「それはどうでもよい」と思ったが、ターちゃんの冗談だと気付く。

「では前田智さん、くれぐれも無理をなされないで、ごゆっくりお休み下さい」

「いちいちフルネームで呼ばなくともいい」と智が思っている間にターちゃんはそそくさと病室を出て行った。彼も忙しいのだ。智の相手ばかりしていられない。意識が戻るまで自分を見守ってくれたことを感謝するべきだと智は思うことにした。

「それにしてもロボットが『ターちゃん』とはねえ」

思わず智は呟いた。

「おっと、マイクに拾われなかったかな」

智は心配したが反応はなかった。どうやらＡＩの音声認識機能で呼び出し音声と独り言の違いを判別できるらしい。

意識もだいぶ明瞭になってきた。智は直近の記憶を辿り、自分が倒れた原因を探ってみることにした。

「確か、僕は朝食の後にホームのリビングから庭を眺めていたんだ」

雪に閉ざされていた冬の間、智は館内に篭る生活を余儀なくされた。智は若い頃は実業団の陸上部で本格的な競技者生活を送っていたこともあり、年老いた今でも足腰は丈夫な方である。体を動かすことが好きである。

でも館内にある「お散歩マシーン」は、まるでモルモットの運動器具みたいに思えて使う気にもなれなかった。早く本当の散歩がしたかった。

「ようやく春らしくなったな」

窓際の二人掛けのソファーにひとり座って庭を眺めていた智が呟いた。

雪が解け落ちて軽くなった庭木の枝に、今度はにぎやかな鳥たちがとまって羽を休めている。そして、まるで木々も鳥たちと一緒に春の日差しを楽しんでいるかのように、ゆっくりとその枝を揺らしている。

「なんて美しい光景だ」

智の老いた目にも春の風が見えるような気がする。「もっと近くで見たいな」智がそう思ったときだった。

「前田さん、春の風は体に毒だから外に出たらダメですよ」

背後から声がした。介護福祉士の家木ユミだった。「心を読まれた」智は一瞬焦った。

「あ、はい。分かっていますよ」と慌てて答える。

ユミが智に少し厳しく接するのには訳がある。智には「前科」があるのだ。

それは昨年秋のこと。「散歩してくる」とユミに告げて外に出たのはいいが、帰り道が分からなくなり大騒ぎになったことがある。

「警察を呼びましょうか」とユミが心配していたときに智は自力で帰ってきた。無事だったのは良いが、ユミは館長から酷く叱られる羽目にあった。

そんな前科者の智をユミが少し離れた場所から暫く観察していたときだった。ユミが誰かから呼ばれた。

「あ、はーい」と返事をしてユミは事務所に戻って行った。

そんなチャンスを智は見逃さなかった。

「家木さんは『出るな』と言うけれど、無理に気持ちを抑えるとストレスの原因になりそうだ。

足腰はしっかりしているぞ。今まで大病を患ったこともない。まだまだ元気じゃ」

「えーと、家木さんは見てないな」

そうして智はこっそり庭に出たのだった。そこまでは思い出せたが、智の記憶はそこで途切れている。

「外に出るには、まだ早かったか」

浅はかな行動を後悔しても遅い。

「それにしても、さっきから動いているのはロボットだけだな」

智は病室の窓越しに院内の様子を眺めていた。先程から「ターちゃん」と、それとは別に「ミーちゃん」と思われるロボットが頭部に青いランプを点灯させて廊下を急ぎ足で歩いている。

その口が智には「忙しい、忙しい」と言っているように見えた。

「何て働き者のロボット達だ」と智は感心する。

「それにしても、ここには人間はいないのか？」

「そんなことはない。ロボットが働いているということは少なくとも患者さんはいるはずだ」と思いつつ、智のいる病室や廊下にも人の姿はなく、その気配すら感じられない。

「ロボットが相手では気休めになっても、寂しさを癒すことは出来ないな。身近に誰もいない事がこんなにも人を不安な気持ちにさせるのか」

今まで老人ホームに一人でいても、こんな気持ちになったことはなかった。

ふと智はユミの事を思い出した。今まで智にとってユミは鬱陶しい存在でしかなかった。

「でも僕のことを一番心配していたのは外ならぬ家木さんだったのかも知れない。家木さんにはもっと感謝すべきだったな」

ようやく気付く智であった。

「色々考えていたら疲れたな。少し横になるか」

今度は智が自分でリモコンを操作してベッドを倒した。暫く白い天井を眺めていた智はゆっくり目を閉じた。

するとと今まで自分が歩んできた情景が自然と浮かび上がってきた。

幼き日、両親と一緒に出掛けたときの町の喧騒。熱を出して病院へ負ぶさって連れて行かれたときの母の背中。父の熱いゲンコツ。青年時代の苦悩と葛藤の日々。独身中年男の自分を見る世間の目。そして年老いた今の自分。様々な光景が走馬灯のように駆け巡った。

「苦労なんて報われることはないものだ。結局は世渡りが上手いヤツが美味しい思いをして、まじめな人間ばかりが損をする」

少し被害者意識が出た。でもそんな事を考えても何の得にもならないことに気付く。

「生涯寂しい独り身だったけど、誰のせいでもない。自分自身がそうさせたのだ。でもお気楽な他人様から随分と『生涯独身貴族でいいよねえ』なんて言われたけど、貴族みたいな生活を送った覚えはない。贅沢なんて好きじゃあない。穏やかで慎ましい生活を心掛けてきたつもりだ。

そんな僕も今年で91歳か。無駄に長生きしてしまったな」

自分の最期を看取って欲しかった妹も昨年先に逝ってしまった。甥っ子も今は病院生活だと聞かされていた。

「いったい僕の何が悪かったというのだ。どうすれば良かったのだ。老いて人様に迷惑を掛けないためにも健康には誰より気を付けてきたつもりだ。その結果がこれか。恨み事は言いたくないが悔しい。できれば人生をやり直したい。もう一度若い頃に戻りたい。20代とは言わない。30代、いや40代でも構わないから、せめて、せめて、」

智は息苦しさを覚え、深く大きく呼吸をした。しかし、変わりはなかった。

『ピピピ、ピピピ、ピピピ、』

室内に警報音が反響する。今度はターちゃんではなく、医師と看護師が慌ただしく病室に駆け込んできた。

「さわがしいなあ。また早く、元気にならねば。また、はやく、げんきに、」

2

『ピピピ、ピピピ、ピピピ、』

「騒がしいな。ん？　朝か」

智は携帯のアラームで目が覚めた。

「夢か」

長い夢だった。気が付くと背中が汗でびっしょり濡れている。

「なんて変な夢だ」

目は覚めたものの、夢とは思えない現実的な光景が智の意識から離れない。

「いったい今日はいつだ」

智は寝室の壁に掛けられたカレンダーに目を向けた。赤膚の富士山が今は２００８年８月であることを語っていた。

智は自分でも馬鹿らしいと思いつつ、自分が今45歳であることを確かめていた。

「40代に『戻った』としても45歳とはねえ」

着替えながらそんな事を考えている自分が何だか可笑しくなり自嘲した。

「今は夏なのに、何で春の夢だったんだろう。まあどうでもいいか。そんなことより会社に行くか」

智の口から溜め息が漏れた。

「いや、今日は休日だったか」

智は寝る前にアラームを消し忘れていた事を思い出した。

「昨日はまともな精神状態じゃあなかったしなあ。それにしても飲み過ぎだなあ」

頭が少し痛い。

智は決して自棄酒を飲むタイプではないが、智の上司である鈴木との確執がついに頂点に達した昨日、「事件」は起きた。

正しくは確執ではなく、鈴木による一方的なパワハラだ。智は自分に非があるとは到底思えない。

そんな智は昨夜遅く帰宅した後、ついつい酒に走ってしまったのだった。独り身の智を諌める者は家にいない。

「そもそも何でこんなことになったんだ」

智はリビングの机に置かれた『退職届』を見つめながら、「事件」の記憶を辿った。

それは半年ほど前のことだった。智のいる技術部に鈴木が部長として赴任してきた時から全てが始まった。

智は大手機械メーカー西木機械の技術部に勤務する課長職である。9名の部下もいる。智自身も管理業務と併行して新機種の開発や特殊機の設計実務も担っている。

一方の鈴木は入社以来製造現場以外の職務経験はない。設計の実務経験が全くない鈴木がいきなり技術部のトップになったのだ。

理工系の学校こそ出ているものの、業務として技術部の経験がない彼に部長が務まるほど技術部は甘くはない。智は会社の人事に不満を漏らすことはないが、納得もできない。

「鈴木は3年前の大規模リストラで大きな成果を挙げた。その功労賞らしい」

そんな噂話がまことしやかに囁かれていた。

3年前、西木機械は岡田社長の号令のもと、会社創設後初めて大規模なリストラを敢行していた。

その以前のバブル崩壊時には西木機械に神風が吹いた。中国からの大量受注により難を逃れることができ、同業者からは「勝ち組」とも呼ばれた。だが、そのことで経営陣は胡坐をかいてしまい、体質改善が遅れてしまった事実がある。

当然のごとくやがては中国からの受注も終息する。遅ればせながら体質改善に取り組むも、小手先の改善では成果はたかが知れる。そしてついに4年前に経営の危機を迎えたのだった。

それからリストラの敢行まで1年を要した。その分傷口は大きくなり、リストラの目標値も跳ね上がってしまった。

「自主的な早期退職」の名のもと、「指名解雇」が横行していた。それでも、どの職場もリストラ目標に達せず苦戦を強いられた。長年雇用を大事にしてきた西木機械がそう簡単にリストラなどできるものではない。

中には課長や部長自らが退職して数を稼いだ職場もあったほどだ。しかし、これは日本の悪しき「ハラキリ」文化以外の何者でもない。と智には思えた。

リストラが敢行された当時の智は課長職ではなく、リストラ対象年齢にも満たなかったため、幸いにも首を切る苦しみも切られる痛みもなかった。しかしお世話になった先輩や上司が数多く退職させられ、智は人間関係が急に狭くなったことを痛感させられた。

そんな中、当時鈴木が課長を勤めていた製造課だけが目標値を大きく上回る「成果」を挙げることが出来たのだ。

「戦国時代ではあるまいし、首を切ることが成果とは」

誰もが疑問に感じていたことだ。唯一岡田社長を除いて。

大きな「成果」を挙げた鈴木に岡田は大いに喜んだ。そしてリストラで「辛い思い」をさせた鈴木を本人の希望通り製造部長に出世させていたのだった。

リストラが敢行された当時の製造部長の中本は自ら退職していた。

「部下の首を切って俺だけ残れるか」

そう言って中本は周囲の説得にも応じなかった。しかし中本が「遺言」で指名した佐藤課長ではなく、鈴木が中本の後任として部長に昇格することになったのだ。

退職前にその事実を知った中本は、一言「すまん」とだけ言い残して会社を去って行った。

リストラの「辛い思い」を岡田社長に切々と訴えた鈴木ではあるが、実は部下の首を切ることに全く躊躇いはなかった。むしろ楽しんでいたふしがある。

それはリストラが敢行される以前のこと。鈴木が課長に昇格した直後から、彼は自分の意に沿わない部下を徹底的に無視し、業務上重要な情報でさえ伝えないことがあった。

その事を本人から咎められると鈴木は平然と言ってのけた。

「え、君が聞いてなかっただけだろ。聞きたいことがあればお前から聞きに来いよ」

情報がないから聞きようもない。それにたとえ聞いても答えなかっただろうに。

そんな「無視作戦」は気に入らない部下を自ら退職に追い込む鈴木の常套手段である。それでも中には鈴木の思惑通りに辞めない肝の据わった部下もいた。

そんなときに会社は大規模なリストラを決めたのだ。大きな追い風を得た鈴木は堂々と首切りを敢行できたのだった。

その後2年間製造部長を務めた鈴木は、次に智がいる職場の「技術部長の座」を所望した。それまで技術部長を務めていた山本が定年を迎えるので、その後釜を狙っているのだ。

なぜ鈴木が技術部長を狙っているのか、鈴木をよく知る人間には凡その見当が付いた。出世欲の強い鈴木が部長の次に「事業部長の座」を狙っていることは自明の理だ。

製造部長の実績だけでは事業部長にはなれない。そのため技術部長の肩書きがどうしても必要だった。自分に技術部長が務まる能力があるか否かは鈴木には関係ない。しかしこの野望は直ちに人事部の知るところとなる。人事部長の高本は鈴木の技術部長就任に強く反対した。

そのため一度は鈴木の技術部長就任が頓挫しかけたものの、次の株主総会で退任する予定の岡田社長の強い意向により、人事部の決定を無視して強引に決められた人事だった。

岡田はとんでもない「置き土産」を残して会社を去ることになる。

そうして半年前に智のいる技術部へ移動してきたのだった。


鈴木が技術部長に就任して以降、智は「良かれ」と思い、技術的知識の乏しい鈴木に色々アドバイスをするのである。鈴木を見下す意図など毛頭ない。

技術者の智は技術を追求することが仕事である。そこには「真実」を求める姿勢こそが重要であり、上司も部下も関係ない。

ところがこの考え方が鈴木には理解できないらしい。上役の命令こそが絶対なのだ。鈴木の「命令」に対して論理的な「反論」を行う智が、鈴木には「自分をなめている」存在に見えたようだ。

しかし智とて鈴木に「反論」した訳ではない。技術的に「正しい理論」を鈴木に伝授したのだが、それが鈴木には「反論」や「反抗」に思えただけのことだった。

とは言え、鈴木の「上役の命令は絶対」という考え方は必ずしも全てが間違いとも言い切れない。

例えば現場作業においては一人の作業ミスがチーム全体を危険にさらす恐れもある。リーダーの号令の下チーム全体が一団となって作業にあたる必要がある。

しかし中には本来の目的を見失って「自分の命令で部下が動く」ことに快感を覚える輩も出てくる。やがてその快感が「上役である自分の考えが常に正しい」という誤った認識を生む土壌になるのだ。鈴木のように。

やがて「自分をなめている」智と出会った鈴木の中に眠っていた邪心が目を覚ます。

「組織のために前田を排除しなければならない」

そんな意識が覚醒した。そして鈴木お得意の「無視作戦」が当然のごとく開始されるのであった。

智が出社して鈴木に挨拶をしても、まるで智が目に入らないように無視をする。業務上の連絡事項も一切智には話さず、智の部下である主任の餅月に通達するようになっていた。

どうやら餅月は鈴木に上手く取り入ることに成功したようだ。


餅月は以前より智が自分の上司でいることが気に食わなかった。

「レベルの低い大学出の前田が、東大出身の俺に指図するなんてとんでもない」

そんな感情を抱いていた。それは前任部長の山本に対しても同じだった。

「東大出身の俺をないがしろにして、愚かな前田ばかり重用している」

という屈折した考えを持っていた。

そんなときに鈴木が新たに部長に就任したのだ。「鈴木は個人的な感情で部下を評価する」ことは公然の事実だった。上手く取り入ることが出来れば「幸せな未来」が待っている。と餅月は考えた。

「鈴木の人格や能力など関係ない。むしろ『能無し』の鈴木は扱い易いだろう。適当に持ち上げてやればよい」

そんな「作戦」を餅月はニヤニヤしながら考えていた。

だが前任者の山本とて決して餅月をないがしろにした訳ではない。「能力」に応じた扱いをしただけだ。山本には餅月が「東大出であること以外、さしたる評価点はない」そう見えていただけの事である。


餅月は鈴木の部長就任早々に部長室に挨拶に訪れ、両手をこすり合わせながら鈴木のリストラ実績を褒め称えた。

「これだけ実行力のある方を見たことがありません。のんきな前田課長とは全然違います。心から尊敬しております」

餅月は歯が浮くような言葉を並べた。誰が聞いても心のない言葉だと分かるが、鈴木は大いに喜んだ。

「さすが、東大出は違うね。君の方が課長に相応しいよ。餅月課長」

鈴木から「課長」と言われた餅月はニヤニヤしながら部長室を跳ねるように出た。

しかし、餅月の背後で鈴木が冷たく笑っていたことには気が付かなかった。


鈴木に上手く取り入り、「課長扱い」されるようになった餅月は智に対する態度を一変させた。一回りも年上の智を「前田君」と呼ぶようになり、横柄な態度で接するようになった。

智が業務上の指示のため「餅月君」と呼んでも無視をする。「餅月主任」と呼んでもまだ無視をする。試しに「餅月さん」と呼ぶと渋々振り向き、智に言い放った。

「前田君、知らなかった？　僕は東大を出ているのね。これが東大出のぼくがやる仕事なの？」

智は腹が立ったが、こんなことで怒れば相手の思う壺になり兼ねない。我慢することにした。

実は餅月自身は「課長扱い」される以前から、影では智のことを「前田君」と呼んで揶揄していた。

その習慣で本人を前にしたときにもつい口が滑って「前田く」と危うく「君」と呼びそうになったこともあった。

「今はそんな『気苦労』も必要ない。『陰日なたなく』堂々と前田君と呼べばよい」

餅月はニヤニヤしながらそんな事を考えていた。

だが智はそんな餅月に違和感を覚えた。確かに以前から彼には横柄なところがあったが、根は決して悪い奴ではない。素直なところもある。

鈴木から「課長扱い」されている程度で、こんな態度を取る人間とは思えない。

「さては鈴木部長の策略だなあ」

鈴木が餅月にわざとこんな態度を取らせている可能性がある。餅月は鈴木に利用さているのだけなのだと思えた。

「だとしたら、僕が去った後も餅月を『課長扱い』するとは限らない。むしろ『東大出』を鼻に掛ける彼を邪魔者扱いするはずだ。

餅月はそんなことも分からないのか。悲しき愚か者だ。ならば、尚の事負けるわけにはいかない」

智はそんな思いで自らを奮い立たせたが、それだけではなかった。隣の部署の卯佐見課長の目立たぬ応援もあったからだ。

卯佐見は智の元に届かない情報をこっそり教えてくれたり、餅月の行き過ぎた態度を注意してくれたりもした。

なにより「智の苦痛を知る」人物が身近にいることが智にとって一番の心の支えになっていた。

3

それから3ヵ月ほど時が過ぎた。鈴木による「無視作戦」は相変わらず続いている。だがそれは智にとって既に「日常」の出来事へと化していた。

そんなある日のこと。「事件」がゆっくりとその幕を開けるのであった。

今は好調な米国経済に支えられて、国内市場も自動車関連産業を中心に活発な状況にある。西木機械の業績も好調で、フル生産でも応じきれない引き合いが数多くあった程だ。

だが現実はリストラで社員を減らした影響が今に響いている感が否めない。特に鈴木が大量に首を切った製造課では人手不足の問題が深刻だった。

ただ、智には今の好調な市況がバブル崩壊前夜と酷似していると思えてならなかった。それは単なる勘ではない。

智は受注生産専門の特殊機を設計しているためユーザの声を直接聞く機会が多い。その「声」がこの半年ほどの間に大きく変化してきていたのだ。以前は生産性を重視した要望が多かったが、今は柔軟性を求める声に変化している。その理由を客先に尋ねるも決して明確に答えることはない。されど「近い将来減産体制に舵を切る」雰囲気が言葉の節々に感じられる。生産性の高い機械では生産調整が困難なのだ。

しかし形のない「雰囲気」を受注データベースで表現することはできない。データ上は好調な市況を示すのみである。

智はそのことを「来月の生産会議で人員増強と増産を提案するつもりだ。俺の意見が通らないはずもない」と豪語していた鈴木に話をしてみることにした。

智の存在を無視し続ける鈴木が「自分の話に聞く耳を持つだろうか？」という不安はある。とは言え、もし次の景気後退の予測に失敗したならば、次はリストラ程度では済まされない。会社の存続に関わる問題になり兼ねない。

智は覚悟を決めて鈴木のいる部長室のドアをノックした。

無視されると思っていたが、意外にも鈴木は入室を許可した。だが聞く耳など持ってはいなかった。

そっぽを向いて面倒くさそうに智の話を聞いていた鈴木が手をポンポンと叩いて話を遮った。

「はいはい、もう分かったよ。『生産の柔軟性』だって？　結構なことじゃあないか。それこそ市況が良い証拠だよ。いま勝ち馬に乗らなくてどうする。そんなことが分からないお前は本当に愚かだね。こんな愚か者とは話もしたくない。とっとと消えうせろ」

鈴木は自分の体より大きな椅子の中でふんぞり返り、椅子を回して智に背を向けた。ただ鈴木は華麗に椅子を回したかったようだが、大きな椅子に苦戦した。牛革の重い椅子は鈴木の短い脚で容易に回せるものではない。座面をかさ上げしているから尚の事である。

だが智は笑う気にもなれなれず、静かに部長室を出た。予想していたことだが、やはり徒労に終わった。

「鈴木部長に何を言っても無駄」

成果と言えばそのことを改めて認識できたことくらいだろうか。

7月の生産会議で鈴木は宣言通りに人員の増強と大幅な生産拡大を主張した。その小さな体を大きく仰け反らして堂々たる姿だ。「そのまま後ろに倒れるのでは」と智が心配した程である。

鈴木の話は長い。だが似た話が多く内容は薄い。

「なぜ製造部は増産できないのだ」

何度も繰り返されたこの言葉を聞いていた中村が智の隣でつぶやいた。

「お前が首を切ったからだろ」

中村は現在の製造課長である。人員不足は誰よりも切実な問題だ。

そんな雰囲気も気にせず、鈴木は語気を強めて増産を繰り返し主張した。

だが鈴木の渾身の主張にも関わらず、営業部長の三神を中心に慎重な意見が多く出され、会議では「次回継続審議」が決まり、結論は持ち越された。

鈴木は自分の主張が通らなかったことに腹を立てたのだろう。事業部長の辻堂による閉会の挨拶が終わると同時に机をこぶしで叩いて会議室を出て行った。

そんな鈴木を辻堂が冷めた目で見ていたが、本人は気が付かぬ様子であった。

会議での鈴木と三神の応酬を傍で見ていた智は可笑しくて堪らなかった。強弁で押し切ろうとする鈴木とは対照的に沈着冷静な三神の姿は、まるで駄々っ子をいさめる母のようであった。三神の方が年下であるにも関わらず。

「もしかしたら三神部長なら僕の考えを理解できるかも知れない。でも直属の部下ではないし、今まで話をしたこともない僕の話なんか聞いてもらえるかなあ」

そんな微かな希望と大きな不安を抱えた智であったが、迷っている暇はない。会議出席者達は退席を始めている。三神も今まさに席を立って東京の本社に帰ろうとしていた。

「み、三神部長、お忙しいところ大変申し訳ございません。実はお話ししたい事がありまして、少しお時間を頂きたいのですが、よろしいでしょうか？」

緊張した智の第一声が裏返ってしまった。

三神はそんな智に振り向きながら「なんだい。構わないよ」と優しく微笑んだ。会議で見せた険しい顔とは全く別の穏やかな表情に智は安堵した。

三神はそのまま会議室に留まり、智の話を聞いた。たまに頷きながら真剣な表情も見せた。そして智の話が終わったあと、ゆっくり口を開いた。

それは会議で聞いた響きのある声とも異なり、穏やかで優しい声だった。

「前田君も同じ事を考えていたのか」

少し感心した表情で智を見て話を続けた。

「実はね、今月も引き合い、受注件数ともに増えているのだよ。営率もよい。でもね、納期がやたらと長い案件が多いのだ。国内も海外もね。

当然顧客には早期の納入を提案するのだけれど、『生産計画の都合上納期は変えられない』という返事ばかりなのだよ。生産計画の都合で『遅らせない』なら分かるけど、『早められない』はおかしいと思うよね。

今、君の話を聞いて納得できたよ。ありがとう。納期が長いことは、近い将来景気が後退する懸念を顧客が抱いている証拠だ。納入前ならいつでもキャンセルできるからね。

でも、キャンセルを食らったら我々はたまったものではない。今でも仕掛在庫が過大なのに、これ以上増えたら黒字倒産だ。

では、早速来月の生産会議で生産調整を提案してみるよ」

三神は噂以上の人物だと智は感じた。三神は意見の良し悪しを決して「人」で選別することはしない。あくまでも「内容」で判断できる。

これは言うに易いが相当な知識と経験が必要であるばかりではなく、己の意に反する声にも真摯に傾けられる「耳」を併せ持たねば出来ない仕事である。

約束通り三神は8月の生産会議で「生産調整」を提案した。当然の如く鈴木の反発は凄まじいものがあった。

鈴木は受注データベースの数値から景気拡大を力説したが、それは先月の主張と大差はなく、「6月の実績」が「7月」に進化した程度である。いや、声の大きさは先月より成長している。

三神は米国で逆イールド現象が発生し、経済指標に陰りが見え始めたことや、過去日本でのバブル崩壊前後において、客層や受注仕様内容が変化したことを具体的に述べ、同じ現象が今起きていることを説明した。

「これらは顧客がバブル崩壊の教訓を活かして、近い将来訪れる可能性が高い景気後退に備えている証拠だ」と主張した。

それは独自に集計したデータを基にした理路整然とした説得力のあるものだった。

「短い間によくこれだけのデータを集めたものだ」と智はただただ感心するばかりであった。

鈴木は三神に理屈では敵わないと悟ったのか、詭弁と強弁で対抗する手段に出た。しかし勝負は明らかである。他の出席達は鈴木の詭弁がまかり通るほど愚かではなく、強弁には耳を塞ぐだけだった。

「減産ではなく『調整』である。調整には増産の意味も込められる」

三神のこの言葉に鈴木も最後は納得せざるを得なくなり、会議では「生産調整」が決議された。

鈴木も今度ばかりは観念したのか、肩をガクッと下げ、重い足取りで部長室へ帰って行った。


しかし事はこれで収まらなかった。この会議のあと鈴木に告げ口をする者がいた。

「鈴木部長、今日の会議は何か変でしたよね。営業の三神部長はなぜ、技術部の者しか知り得ない情報まで知っているのですかね。誰かが意図的に情報をリークしたとしか思えないのですが、あ、そう言えば、先月の会議のあと『前田君』が三神部長と親しく話をしていましたよ」

少々わざとらしい言い回しで餅月がニヤニヤしながら鈴木に「貴重な」情報をもたらした。「課長扱い」されている餅月は先月からこの会議に出席していたのだ。

「なるほどそういうことか。前田の野郎、オレがいない間に三神を唆しやがったな。オレに恥をかかせてただで済むと思うなよ。

餅月よ、ありがとう。東大出のお前は前田とは違うな」

鈴木は少々嫌味っぽく言ったのだが、餅月は気が付かない様子でニヤニヤ笑っている。

それから暫くの間、二人は部長室で密かに会議を行った。

智は鈴木から部長室に来るよう電話で呼び出された。鈴木の声が怒りで震えている。鈴木が怒る理由に見当もつかない智が部長室に入ると、鈴木は椅子に座り腕組みをして智を待ち構えていた。そして智の顔を見るなり顔を真っ赤にしていきなり怒鳴り始めた。

口角に唾をためてまくしたてている姿は普段と変わりないが、今日の会議で聞いた声よりさらにボリュームが上がった。

鈴木と二人だけの決して狭くはない部長室は、室温が一気に5度も上昇したかのように感じられ、智は息苦しさを覚えた。

「この野郎、よくもオレに恥をかかせたな。ただで済むと思うなよ」

鈴木が智に凄んだ。

「な、何のことですが。私には部長にご迷惑を掛けた覚えはありません」

そんな智に構わず鈴木は吠え続けた。

「お前が三神を唆したことをオレが知らないとでも思っているのか。舐めたことしてくれたな。お前みたいな奴をゲス野郎って言うんだ。お前みたいな野郎が組織を壊すんだよ。今まで黙っていたがもう我慢ならん。今すぐこれを書いて持って来い」

普段から汚い鈴木の言葉に、より一層汚さに「磨き」が掛かった。

そして、用意しておいた1枚の紙を智に渡した。その紙の一番上には「退職届」と書かれていた。

「今すぐこれを書いて出せ」

鈴木がさらに追い討ちをかけた。

全く身に覚えが無い智ではあるが、何を言っても無駄なことだけは分かる。そもそもこんな人間と同じ会社にいること自体もう耐えられない。今まで必死に我慢してきたが、もう十分だろう。悔しい思いはあるけれど、不思議と悲しさは感じない。恐らく今が潮時なのだ。

「分かりました。今日は週末ですので月曜日に提出します。今までお世話になりました」

智は世話になった覚えがない鈴木に頭を下げ、静かに部長室を出た。

部長室を出て自席に戻った智をニヤニヤした餅月が出迎えた。そして智に言い放った。

「では、業務の引き継ぎをしましょう。前田課長殿」

つい1時間前まで「前田君」と言っていた口から「課長」という台詞がでた。より丁寧に『殿』も付けたつもりだろうが、ダブった敬称は相手を見下すことになる。東大を出たのにそんな事も知らないのか。いや、わざとか。いやいや、そんな事はどうでもよい。

それより自分の身の振り方を考えねばならない。

「45歳の転職かあ。楽じゃないいな」

智はそんな事を考えながら「手際よく」自分を待ち構えていた餅月と業務引き継ぎの作業を夜遅くまで行った。長い時間打合せをしている間も餅月はずーっとニヤニヤしていた。

それでも当日中に終わらなかった分は来週改めて行う事として餅月と別れた。

そうして、夜遅く帰宅した智は、ついつい酒に走ってしまったのだ。鈴木のダニ声と餅月のにやついた顔が頭から離れず、寝付くことができなかったからだ。

4

それから一夜が明けた。おかしな夢を見たせいだろうか、昨日までのそんな出来事が今の智にはまるで遠くの世界の話であるかのように思える。

冷静さを取り戻した智は色々思い悩んでいた昨夜の自分が可笑しく思えてきた。考えてみれば上司が部下に強制的に退職を迫る行為は法令違反に該当する。でも智自身もう会社に留まることは考えられない。

「つまらないことで悩むことはない。前向きな気持ちで新しい自分を考えれば良いだけのことだ。

45歳という年齢だって結構なことだ。あの夢の中の自分に比べたらまだ半分じゃあないか。今から新しい人生をスタートできる。そう思えよい」

昨夜は自分一人の中で考えていたが、冷静になった智に、お世話になった人たちの顔が浮かんできた。

「卯佐見さんにはお世話になったなあ。月曜日に忘れずお礼を言っておこう。そうだ、その前に三神部長にはきちんと挨拶をしなければ。できれば三神部長ともう少し一緒に仕事をしたかったけど仕方ない。挨拶は早い方がいいかな。今から電話するか」

智は会社の携帯に手を伸ばした。「土曜日だけど電話に出てくれるかなあ」心配した智であったが、すぐに出てくれた。

「三神部長、お休み中大変申し訳ございません。今、お電話大丈夫でしょうか」

普段会社の携帯から電話することがない智に三神は異変を察知したらしい。あるいは普通に話したつもりの智の声が沈んでいたのかもしれない。そんな智に三神は優しい声で答えた。

「いや構わないよ。いま会社にいるよ。それより、何かあったのか?」

「心を読まれた」と感じた智は昨日の出来事を正直に三神に語った。そして短い間ではあったが三神と一緒に仕事ができた事に感謝の意を伝えた。

暫しの沈黙のあと、三神がゆっくり話し始めた。

「そんなことがあったのか。前田よ、早まるな。技術部にはお前が必要だ」

再び数秒の沈黙の後、三神が続けた。

「とは言え鈴木部長のことだ。このままでは気が済まないだろう。こんなときの彼は恐ろしい。何をするか分からない」

長い沈黙が続いた。電話の向こうで三神が何かを必死に考えている雰囲気が伝わってくる。

突然三神が口を開いた。声のトーンも上がった。

「よし分かった。前田よ、退職届は出しなさい。引き継ぎも予定通りやりなさい」

「え？」

唖然とする智に構わず三神が続けた。

「でも、本当に辞める事は考えるな。今はこれ以上言えないけど、何とかなる。いや、絶対何とかするから心配するな」

智とて本音を言えば辞めたくはない。三神の優しく力強い声を聞いているうちに智の目から涙が溢れ出た。そして言葉にならない礼を言って電話を切った。

月曜の朝、三神に言われた通りに智は鈴木に退職届を提出した。

「一身上の都合で退職いたします」

一行だけ書かれた紙を見た鈴木は満面の笑みを浮かべて智に言った。

「上出来だ」

その一言だけだった。

しかし退職届に書かれた退職日は鈴木が指示した1ヵ月以内ではなく、2ヵ月後とした。これは三神の作戦だったが、鈴木にはもう退職日など関係ない。

「クソ生意気な前田が自分の言う通りに辞める」この事実だけで十分である。

智は知らなかったが、この時すでに三神は人事部と話を付けていた。

人事部は元々鈴木の技術部長就任に反対だった。加えて技術部長就任後もその資質に疑問を感じる情報ばかり人事部にもたらされている。

三神の作戦に反対する理由などない。鈴木の理解者である岡田社長はもういない。智の退職届が回ってきた人事部は受理することなく部長の高本がシュレッダーに掛けて処分した。そもそも法令違反の可能性が高い退職届など受け取ることはない。

そして兼ねてより作戦通りに子会社の西木サービスの栗原社長に電話を入れるのであった。

人事部だけではなかった。三神や鈴木の上役にあたる事業部長の辻堂も鈴木の技術部長就任には反対していた。

それは個人的な感情ではない。鈴木の製造部長昇格後、明らかに部としてのまとまりを欠き、リストラ後も退職者が続出した。

それでも製造部だから人の工面も何とかなったが、もし同じことが技術部で起きたなら一大事である。技術者育成の難しさは製造部の比ではない。

当初辻堂は山本の後任には大岩課長を推挙していた。人事部も異論なくこれを承認したのだが、それを当時の岡田社長が覆したのだ。

辻堂も何らかの手を打つ時期を見計らっていた。そんなときに三神から電話を受けた。辻堂とて異論はない。


三神の作戦はこうだった。

「当初から鈴木の技術部長就任に反対していた人事部と辻堂の協力を得るため、この二者にのみ予め話を通しておく。

智には退職届を書かせて鈴木を安心させる。だが人事部はそれを黙殺する。

2ヵ月後の10月には役職者の人事異動がある。そのタイミングで鈴木を子会社の西木サービスへ出向させる」

というシナリオだった。三神が智に退職日を「2ヵ月後」と書くようアドバイスしたのはそのためだった。

当然鈴木の猛反発が予想されるが、それまでの間に全ての関係者に根回しを済ませる時間的余裕はある。

とは言えシナリオ通りに事が運ぶ保証などない。一番の気掛かりは岡田前社長の子分的存在だった片桐取締役の動向だ。

「鈴木は片桐と親密な関係にある」

そんな噂が絶えない片桐が鈴木の窮状を無視するとは思えない。三神は片桐対策に頭を悩ませていた。事を大きくすることは危険である。「事業部内の問題」に収める策を思案していた。

それは、それから1ヵ月後の9月のことだった。三神や智にも、誰にも想像し得なかったことが起きた。リーマンショックのニュースが世界を駆け回ったのだ。

8月の生産会議で「生産調整」を決めたばかりだが、これほど早く景気後退の風が吹くとは思ってもみなかった。

それでも「生産調整」と称して、実際は既に「減産体制」に入っていた工場は損失を最小限に抑えることができそうだ。体質改善も進んだ今ならこの難局を何とか乗り越えることが出来るかもしれない。ただ一人の例外を除いて。

会議で「増産」を声高に主張していた鈴木の立場は言うまでもない。

リーマンショックは結果として智たちに大きな追い風となった。いや「神風」ともいえる風になった。と同時に鈴木の野望を打ち砕く嵐となった。

鈴木にも作戦があった。それは智を退職に追い込むに留まらず、生産会議で鈴木に「恥をかかせた」三神を子会社の西木サービスへ出向させるというものだった。

8月の会議で「生産調整」が決まったものの、8月の受注実績は過去最高を更新した。

この事実をもって9月の会議で三神に「生産調整は誤りだった」と認めさせ、片桐取締役を動かして三神を子会社へ出向させる。というものだった。

とは言え、景気拡大の根拠が「受注データベース」だけでは先月の二の舞になる恐れがある。そこで鈴木は餅月を使って市況が好調な「証拠」を集めさせていたのだ。

鈴木にも学習能力はある。

餅月は期待通り都合の良いデータを集めてくれた。鈴木は「さすが東大出は違う」

と言って餅月を喜ばせてあげた。

だが、智と三神がいなくなれば、もう餅月に用はない。ニヤニヤする餅月を前にして
「コイツをどこに飛ばそうかな」などと考えていた。

そんなときにリーマンショックのニュースを聞いたのだ。

だが鈴木には事の重大性が理解できないらしい。この期に及んでもまだ「三神よ、首を洗って待っていろや」などと能天気に考えていた。

一方の餅月は血の気が引く思いがした。「さすが東大出は違う」のである。


9月の生産会議に鈴木が呼ばれる事はなかった。代わりに「西木サービスへの出向を命ずる」と書かれた1枚の紙を受け取った。

慌てた鈴木が片桐に電話するも全く相手にされない。片桐とて鈴木と心中する気など毛頭ない。

岡田社長は既にいない。片桐以外に頼れる人物がいなければ、相談できる友もいない。無論退職する勇気などない。鈴木には一人寂しく西木サービスへ赴く以外の選択肢はなかった。

出向先での鈴木には役目などないだろう。定年退職日までどのように過ごすのか気にはなるが、「今までの己の行いを見つめ直す期間になればよい」と智は思った。

餅月も鈴木の出向と時を合わせて退職した。智が強く引き止めたものの、餅月は聞く耳を持つこともなく黙って「退職届」を提出した。

智に謝罪や挨拶をすることはなかったが、この時の餅月は神妙な面持ちであった。

彼はまだ30代であり学歴も高い。転職も左程難しくはないだろう。ただ、新しい職場で己の学歴に胡坐をかくことがないよう、智は祈るだけだった。

5

智がおかしな夢を見てから2年以上の月日が流れた。48歳になった今でもあの現実的な光景が脳裏から離れることはない。

「恐らく今の生活を続けていたなら、自分はあの寂しい最期を迎えるに違いない」今でもそう思えてならない。

とは言え、仕事は相変わらず忙しく、帰宅が深夜になることも珍しくない。自分自身の生活を顧みる余裕などない。

そんな智には自分の遠い未来より、もっと近々の問題で気になることがあった。智は神奈川県を拠点とする災害支援ボランティア団体に所属している。そのため地震関連のニュースや情報には常に敏感である。

2日前の3月9日に東北地方でやや大きい地震があり、60㎝の津波も観測されたというニュースを聞いた。

最近東北地方で小規模な地震が頻発している。津波警報が発令されることもあった。だが今までは警報が発令されても実際に観測された津波は数センチ程度であった。今回のこの数値は嫌な大きさだ。とても気になる。

数年前から「三陸沖を震源とする巨大な地震が発生する恐れ」が殊更に論じられていた時の地震である。

気象庁は昨夜「この地震は懸念される三陸沖巨大地震の前震ではないと考えられます」と発表したが、智は嫌な予感がした。

それればかりではない。2週間前に智が福島県のいわき市へ出張した際には、海に近づくと嫌な胸騒ぎを感じていた。

智は「予感」とか「胸騒ぎ」などという非論理的な思考は極力排除することにしているが、このようなとき、予感が当たってしまう事も多かった。


図らずも智の予感は的中してしまうことになる。2011年3月11日金曜日の午後、それは来た。

北の方から薄気味悪い地響きが近づき、智のいる事務所を大きく揺らした。地震に慣れている日本人でも恐怖を感じる大きさだ。その揺れのパターンから、これが巨大なエネルギーを持ったものであることが直ぐに分かる。

幸いにも智の近くでは大きな被害はなさそうだが、震源はどこなのか、懸念されていた三陸沖ではないのか。どの程度の規模なのか、被害はないのか。気になることが多すぎる。

智は携帯のワンセグのスイッチを入れニュースを聞くことにした。

携帯の小さな画面の中でアナウンサーが東北地方で大きな地震があり、津波警報が発令されたことを繰り返し伝えていた。すぐに津波警報は「大津波警報」に格上げされ、アナウンサーの緊迫した表情が現地に差し迫った危機を物語っていた。

「お願い！　みんな早く逃げて」

ただ祈る事しか智にはできなかった。


その日帰宅した智は、テレビのニュースで巨大な津波が町を襲う映像を見ることになる。

「日本でこんな光景を見ることになるとは」

現地の状況に心を痛めると同時に、現実に起きていることが信じられない智であった。

「今は現地でボランティア活動をする準備のことだけを考えよう」

智は所属するボランティア団体の主要メンバーと連絡を取るため電話を掛けたが、回線が混んでどこも繋がらない。焦っても何もならない。明日にすることにした。

その間にも時間を追うごとに被害に関する情報が、その規模を大きくしていた。

「被害の全貌が容易につかめないほど大規模な震災なのだ」

今はそれ以上のことは分からない。


智が所属するボランティア団体とは、バイクの機動力を活かした災害支援活動を得意としており、阪神淡路大震災の頃に発足した任意団体である。

メンバーの多くは智と同世代で、職種も智と同じく技術者が多い。智自身も学生時代からのバイク好きで、ボランティア活動に興味があったこともあり、7年前に神奈川県内へ転勤した事を契機に加入したのであった。

気が付けば今では智も主要メンバーの一人になっていた。

6

都心では一部を除き震災による大きな被害はなかったものの、多くの帰宅困難者を生み出すことになった。それは西木機械の本社でも例外ではない。

その本社は東京の日比谷公園の近くにある。霞ヶ関の官庁街からも近く、日本のビジネスの中心地ともいえる地域だ。それだけ昼間の人口も多い。

本社勤務の岸本陽子は千葉県の市原市に住んでいる。土地勘のない同僚から地名で誤解されることが時々ある。

「陽子は市原に住んでいるの？　東京から近くていいわねえ」

「いやいや、それは市原ではなくて市川でしょ」

そんな会話が忘れた頃に繰り返されるのだが、中々理解されないようだ。市原の自宅から都心まで内房線の快速を使って1時間半も掛かる。女性社員の中では陽子の通勤時間が一番長い。

通勤時間が長いことは陽子にとって苦痛ではあったが、それ以上に自由の利かない満員電車に長時間揺られることがストレスの原因になっていた。そのため、たまに自由な空間を求めて自家用車で通勤することがある。ただし会社には内緒である。

震災の当日は年度末の週末だったこともあり、仕事のストレスも相当たまっていた。そのため陽子は車で通勤していたのだった。

その日、地震発生の直後から陽子のいるオフィスでは、ビルの防災センターから全館放送を通じて震災の状況や交通情報などが逐一伝えられていた。ビルに損傷はなく、無理に帰宅することは危険であることもその放送は告げていた。

だが車で帰宅することに陽子の迷いはない。

「どんなに道が混雑していても『いつかは』前に進むでしょ。会社に泊まるより遥かに快適だわ」

そんな思いでいたが、本音は少々違うかも知れない。

「もし明日まで駐車したら、料金が馬鹿にならないわ」が正しいかも知れない。

そんな気持ちが陽子を「後押し」した。ただ陽子に迷いはないが不安はある。慣れた道とは言え今日は「普段」とは違うのだ。夜間の長時間運転を覚悟しなければいけない。やはり一人では不安がある。

「ねえ薫、今日一緒に帰らない？」

陽子が同じく千葉県内に住んでいる土屋薫を誘った。途中までは同じルートで帰れる。

「え、でもどうやって？」

怪訝な顔で聞く薫に、今日は車で来ている事を教えてあげた。

「じゃお願い。そうするわ」

薫が安堵した表情を見せた。

このとき薫は無理に帰宅せず、電車が運行されるまで会社に留まる覚悟でいた。しかし、運転再開の目処は立っていない。少なくとも今夜中の再開はないと思える。会社に水と乾パンの備蓄はあるものの毛布類はない。そもそもオフィスには就眠できる十分なスペースもない。

苦痛な夜をどう過ごすか考えていた薫にとって、陽子の提案は救いの船となった。

「そうと決まれば、まずは情報収集ね」

陽子がパソコンを立ち上げた。反応は遅いがネットは繫がった。

「助かった何とかなる」

陽子と薫は交通状況を調べ、食料を調達できそうな場所も探した。余震は続いている。ビルの外は大混乱の様相を呈している。いずれにしてもすぐに移動することは危険に思えた。


大きな余震がほぼ収まった午後7時過ぎ、二人は日比谷通りを徒歩で東京駅に向かっていた。陽子が駐車しているパーキングが近いこともあるが、東京駅の売店で水と食料を調達出来そうなことがわかったからだ。

やがて二人は日比谷通りを離れ、行幸地下通路から東京駅の地下を目指した。するとそこはどこも多くの人であふれ返っていた。

「こんなにも帰宅困難者がいるんだ」

電車が全て止まっていることは誰もが承知しているはずだ。それでも他に行き場がない人たちがこんなにもいることは驚きであった。

彼らの多くは駅や近くのビルが提供したブルーシートの上でそれぞれ座ったり、横になっていたりしていて、いつ再開されるか分からない電車の運行をただひたすら待っていた。

陽子と薫はそんな彼らを横目に見ながら、営業している売店を探し回った。

「あ、あそこの店は開いているわ」

二人は八重洲の地下で営業している売店を見付けた。購入できたのはパンと水だけだったが、こんな時に贅沢は言えない。これで十分である。

二人がパーキングを出発したときには既に夜の9時を回っていた。渋滞は収まる気配すらない。

ラジオ番組はどこも震災のニュースばかりであったが、こんな時に音楽や芸人の軽いトークなど聴く気にもなれない。ラジオから流れるリアルタイムの渋滞情報はとても役にたったが、大津波が町を襲ったニュースには心を痛めた。

出発から1時間後、陽子はバックミラー越しに車を駐車していたビルを見ていた。

「1時間で100メートルは進んだかな」

陽子はため息混じりに呟いた。渋滞は予想を遥かに超えるものであった。

陽子は恋話でもして気を紛らわそうとしたが、気持ちが乗らない。そもそも二人とも「恋話などする年齢ではない」と言ったら本人達は怒るだろう。

溜め息をついた陽子だが、不思議なことにストレスを感じていない自分に気付いた。

満タンのためガソリンの心配がいらないことなのか、隣の薫のおかげで精神的余裕が生まれたのか、それとも単に諦めているだけなのか。

「いや、そんな事ではないな。あ、そういうことか」

陽子は周りに「我先に」という身勝手な運転をする輩が一人もいないことに気付いた。渋滞の中でこんな経験は初めてだった。

それどころか、隣の車を運転する方がまるで長年の同僚であるかのような不思議な感覚さえ覚えた。いま自分の周りにいる全ての方が同じ気持ちでいる「仲間」みたいな存在なのだと思える。

「日本に生まれてよかった」

お世辞でも建前でもなく心底感じる本音だった。


江戸川を越え東京を脱出できた時には既に夜中の12時を過ぎていた。渋滞はまだ続いている。それでも出発した頃に比べれば流れも良くなってきたような気がする。二人は途中何回か休憩を取りながら気長に帰ることにした。

1時過ぎにはようやく携帯も繋がり、それぞれの家に連絡を取ることができた。

「全く、この通信会社はダメね」

「ほんと、全然繋がらないんだから」

陽子と薫はそう言うが、この日はどの通信会社も同じ状況である。たまたま二人が同じ会社だっただけのことだ。

二人の家では遅い時間にも関わらず、まだ両親は起きていた。地震の後に聞く最初の娘の声に安堵した様子だった。

「そう、いま陽子の車で移動中なの。じゃあ、蘇我駅に向かえばいいのね。え？　到着時刻は分からないわ。近くなったらまた電話するね。じゃあね」

まだ話をしたそうな母をよそに薫は電話を切った。

「じゃあ陽子、先に寝るね」

もっと話をしたい陽子をよそに母は電話を切った。

「もう、うちのお母さんは淡白なんだから」

「いやいや陽子、それはあなたを信頼している証拠でしょ」

そう言って薫は「母のような」笑顔で、ぷんぷんしている陽子の頭を撫でてくれた。

未明の4時過ぎ、ようやく二人は千葉県の蘇我駅に着いた。そこには既に薫の両親が迎えに来て待っていた。もしかしたら薫が連絡した時刻より随分早く来ていたのかも知れない。

陽子の車から降りてきた薫の元気な姿を見た母は安心したのだろう。それまでの緊張が解けて大粒の涙が一気に溢れ出した。

「もう、やめてよお母さん。恥ずかしい。今朝家を出たばかりでしょ」

薫の言葉に耳を貸すことなく、母は自分の体より一回り大きい娘を抱きしめた。そして何度も陽子に礼を言った。

暫しの抱擁のあと、ようやく母から「解放」された薫は父の車に乗り込むと、車の窓から陽子に手を振った。

「じゃあ陽子、また月曜日ね」

陽子も薫に手を振りながら車に戻り、蘇我駅を出発した。

薫の両親は陽子の車が見えなくなるまで車の外で陽子を見送り続けた。

この頃にはようやく渋滞も解消され、陽子の気持ちに余裕も生まれた。そんな陽子に心配して待っている母の顔が浮かんだ。

「先に寝るなんて言っていたけど、きっとまだ起きているわ」

自分の帰宅シーンを想像してみた。

「私のお母さんもあんな感じだったりして」

薫と同じように自分も母に抱きしめられる姿を想像して少し照れくさくなった。

東の空が白み始めた頃、陽子は自宅にたどり着いた。長い夜が終わった。

「ただいま」

勢いよく玄関を開け、元気に帰宅を告げた。が、何の反応もない。家の中は静まり返っている。

陽子は恐る恐る両親の寝室を覗いてみた。

「ね、寝とるんかい」

千葉県民の陽子が関西弁でツッコミを入れる。母娘の感動の再会を勝手に想像していた陽子は何だか自分が恥ずかしくなってきた。

力が抜けた陽子に忘れていた睡魔が「目を覚ました」

「あーあ疲れた。私も寝るわ」

陽子は自分の部屋に入り、そのまま昼過ぎまで爆睡するのであった。

陽子は知らなかったが、このとき母は起きていた。いびきをかいて本当に熟睡している父の隣で、寝たふりをしている母は一人涙を流していた。

7

智たちのボランティア団体では震災の翌日から被災地活動の準備を始めた。ようやく電話も繋がり易くなり、メンバー間の連絡にも不自由はない。

ただ、一口に「準備」と言ってもその内容はあまりにも多い。

活動可能な地域の捜索やニーズ情報の収集。現地関係者との協議だけではなく、地元神奈川の関係機関や団体との交渉も必要になる。さらに被災地に入るためには警察から通行許可証を受領しなければならない。

もしそれらの手間を省き、勝手に被災地入りしたならば地元民に迷惑を掛けるだけである。残念ながらまだ日本にはそんな「自称ボランティア」が少なからずいることも、また事実である。

準備作業では智たちをさらに困らせたことがある。今回は物資の現地調達が全くできない。活動に必要な機材だけではなく、日用品や消耗品類、更にはガソリンも現地との往復と被災地での活動に必要な量を自ら携行しなければならない。

メンバーの一人が冗談で「自衛隊から燃料車を借りようか」と言ったほどである。冗談はさておき、神奈川県内のガソリンスタンドはどこも連日長蛇の列が出来ている。スーパーやコンビニの食料品不足も中々解消されない。物資の調達さえままならない日が長く続いた。

とは言え震災直後の今は消防や自衛隊による人命救助が最優先である。ボランティア活動が可能になるのはもう少し先になる。じっくり準備を進めればよい。

ようやく全ての準備が整い、活動場所は宮城県の気仙沼市、期間は震災から3週間後の4月2日から3日間と決められた。わずか3日間とは言え、最初の活動としてはこれで十分だろう。そもそもメンバーの多くは会社員だ。そう長くは休めない。

4月1日金曜日の夜、仕事を終えた智は同じボランティア団体の佐和田と横浜市内の上星川で合流した。

佐和田の大型キャラバンには予めオフロードバイク2台の他、通信機器などの機材類や物資が積載されている。キャラバンは「体一つ」の智をピックアップすると直ちに横浜を出発した。

二人は浦和本線料金所で神奈川県警発行の通行許可証を見せ、仮復旧したばかりの東北道へと入った。そこを走る車両は自衛隊の輸送トラックや消防の車両ばかりであったが、たまに一般の普通車も見かけた。

それらの普通車には生活物資と思われる貨物が満載されていることが見て取れる。恐らく実家や知人の支援に向かう方々だろう。

そんな彼らの表情はみな真剣で、何かピンと張り詰めた独特な緊張感を漂わせている。赤の他人であるはずだが、智は彼らと不思議な連帯感を覚えた。

「みな同じ気持ちでいる仲間みたいなものなのだ」と智には思えた。

智と佐和田は震災の爪あとも生々しい東北道を夜通し走り、一ノ関インターチェンジから気仙沼の集合場所を目指した。

二人が集合場所にたどり着いたのは、夜明けの直前だった。集合時刻まではまだ少し時間がある。他のメンバーはまだ移動中らしい。二人はキャラバンの中で暫しの仮眠をとることにした。


どれくらい時間が経ったろうか。ふいに海の方から風の音に紛れて誰かの話し声が聞こえてきた。

「こら！　ツヨシ。ぼーっとしとらんとさっさと着替えんか。幼稚園バスが迎えに来るで！」

「わーん。そんなこといったって、だって、わーん」

微かに聞こえる程度だったが、はっきりとした声だ。少し微笑ましい母子の日常的な会話だった。

「この近くの住民はみな避難したと聞いていたけど、まだ生活している方もいるんだ」このときの智はそう考えていた。

夜間の移動中は震災の影響で闇に包まれていた町の状況がよく見えなかったが、日が昇り活動を始めると、そこには想像を絶する光景が広がっていた。

テレビや新聞の報道である程度の状況は理解しているつもりだったが、まるで想像と違う。主要道路は辛うじて車が通れるものの、海の近くは瓦礫が道を覆い、オフロードバイクでさえ通れない場所ばかりである。

考えてみれば、取材車が入れない場所にはカメラも入れない。阪神大震災の時には危険を冒してまで取材したテレビクルーが問題視されたが、それを思えば今回の報道のあり方は正しいと思う。それよりテレビを見て現場を「知っているつもり」だった自分の浅はかさを智は恥じた。

だが、避難所の生活環境は酷なものだった。物資不足やプライベート空間を確保できない等の問題は報道の情報により予測していたが、全く予想外の問題もあった。

下水処理施設が被災した影響で水洗トイレが使えないばかりでなく、逆流した汚物に悩まされる避難所が数多くあるのだ。そこでの生活を余儀なくされる方々の苦痛は計り知れない。辛抱強い東北の方だからこそ我慢できるのかも知れない。

だが我慢にも当然限界はある。ストレスによる小さな争い事が方々で起きていると聞いたが、それは無理もないことだと智は思う。「もしここが人間関係の希薄な都会だったら」と思うと智はぞっとした。

生活上の苦痛ばかりではない。避難所にいる方の多くは、その家族や親しい友人など誰かしらが津波で行方不明になっているのだ。心に深い傷を負った状態で不自由な生活を強いられている心境は計り知れない。

「ボランティアとはそんな彼らの心の苦痛を考えて、決して軽率な言動をとってはいけない」智は強く自分に言い聞かせた。

町の被災状況を目の当たりにした智は、ふと今朝聞こえた不思議な声のことが気になった。

「声が聞こえた場所はこの辺りかな？」智は声が聞こえた方向を見渡してみたが、そこには「壊滅状態」という言葉以外に表現できない惨状が広がっていた。住民などいるわけもない。

智は恐る恐る佐和田に聞いてみた。

「今朝、仮眠中に海の方から人の話し声が聞こえなかった？」

「いやーごめん。寝ていたから気が付かなかった」

佐和田が怪訝な顔で答えた。

「ただの空耳か、夢でもみていたのかな」智はそう思うことにした。だが実体感のあるその声が智の脳裏から離れることはなかった。

8

それから3日後、被災地から帰郷した智は日常の生活に戻っていた。だが住み慣れた町なのに、妙な違和感を覚える。昨日までいた被災地と今の環境の差が激しすぎて、戸惑いを感じてしまうのだ。

それと同時に「いまの自分は何て恵まれているのだろうか」と智は思う。瓦礫のない平坦な道を歩けることがありがたい。被災した海産物加工場から漂う腐敗臭に悩まされることもない。住む家があれば、仕事をする会社もある。「普通に生活できること」がこれ程すばらしいことだったとは、今まで考えたこともなかった。だが、被災地で見た光景が智の頭から離れることもない。目を瞑れば被災地の惨状が鮮明に蘇ってくる。

それだけではない。智は現地でもっと辛い場面にも遭遇していた。

智は避難所で4歳くらいと思われる一人の少女と出会った。彼女は近くに住む祖母と一緒に避難しているらしい。

避難所生活は決して楽ではないはずだが、その子は元気に明るく過ごしている。ご近所の大人と思われる方ともにこやかに話をしていた。

ただその様子が智には彼女が少し無理をしているようにも感じられた。おそらく避難所生活になじむよう、幼いながらに懸命に努力しているのだろう。

「こんなにも幼いのに、本当に偉いなあ」

智はただただ感心するばかりであった。そんな彼女は初対面の智とも気さくに話をしてくれた。

彼女は見知らぬ中年男の智に最初こそ少し緊張したものの、次第に打ち解けてくれて自分の身の上についても話をしてくれた。

それは智が彼女と談笑しているときのことだった。一瞬、彼女の表情が曇ったように見え、下を向いて言葉を漏らした。

「おりこうさんにしていたら、明日ママとパパが帰ってくるよね」

「え?」

彼女は両親と三人で生活していた。その両親が二人とも津波で行方不明らしい。

智は言葉に詰まった。

「あしたがダメでも、あさってになればきっと帰ってくるよね」

今度は顔を上げて智の目を見ながら彼女が訴えた。

智は言葉にならず、ただ彼女を見つめてうなずくだけだった。

「あのとき僕はどうするべきだったのだろうか、何を言えばよかったのだろうか。いや、何を言っても気休めにしかならない。一時の気休めは未来の傷を大きくするだけだ。正しい答えなんてない」

智は通勤電車の中で、車窓に映る平穏な街の風景を眺めながらそんな事を考えていた。


それは智が改札を出て駅前の住宅地を歩いているときのことだった。

「こら！　ショウタ。なにボーッとしてるの。もうすぐ幼稚園バスが迎えにくるよ！」

「わーん。そんなこといったって、だって、だって、わーん」

突然近くの家から声がした。

「なんて微笑ましい光景だろう」

智自身も幸せになった気分になり、思わず笑ってしまった。

「あっ、これだ！」

智は心の中で叫んだ。気仙沼で聞いた不思議な声の正体が見えた気がする。

「もし、もしもだけど、気仙沼に土着の神様がいたなら、神様にとってこれが一番幸せな瞬間だったに違いない」

智は自分でも馬鹿らしいと思いつつ、真剣にそう考えた。

「そして、神様がそんな幸せな時間を思い出していたのだ。その声を僕は聞いたんだ」

「いや、いや、技術屋がこんな非論理的な思考になってはいかん」

智は頭を振って自分の思考を捨てた。だが、

「平凡な毎日の中にこそ、本当の幸せがあるものだよ」誰かにそう教えられたような心境が消えることはなかった。

「いや、それだけは消す必要はない」

智は己の胸に刻み込んだ。

それから一週間後、智は自分の人生を大きく変える一人の女性とめぐり合うことになるのだが、今の智はそのことを知る由もない。

9

「マンション探しも振り出しに戻っちゃったわね」

陽子は震災翌日の昼過ぎ、いや陽子から見れば「翌日の朝」だった。出張先から戻った姉の良子と話をしていた。自宅に損傷もなく、震災の翌日にはこうして家族全員が無事に集合できた。

姉妹にとって残る心配事はこれから住むマンションのことだった。二人は震災の前から姉妹で住むマンションを探していたのだ。

「仕方ないわね。地震のことを考えたら、海の近くも、高層マンションも避けたいわね」

姉の良子が答える。

二人ともアラフォーの独身である。今は両親と共に市原の戸建てに住んでいる。二人とも今の自宅に不満はない。姉の良子も陽子とは別の会社だが、東京駅近くのオフィスで働いている。通勤に時間が掛かるものの、学生時代に比べたらまだ近いのだ。もう慣れている。

ではなぜ都内のマンションを探しているのかというと、母が実家のある富山に越すことを希望しているからだ。

元々ゆかりのない千葉に住み続けるより、晩年は親戚がいる町の方が安心して暮らせる。だから今の自宅を売り払って、富山で家を買うと言うのだ。

姉妹二人は富山に越す事に反対した。決してキャリアウーマンになることは望んでないけれど、学生時代から慣れ親しんでいる環境から離れたくはない。

では父はというと、特に自分の意見はないらしい。仕事の都合で千葉に家を建てたが、もうすぐ定年である。その後は何処に住もうが全く頓着しないと言う。

「だったら、私たちに味方してよ！」

姉妹は父に迫ったが、「頓着しない」父の意志は固くゆるぎない。

「お父さんに期待した私たちが悪い」

そう思う姉妹は「仕方なく」都内のマンションで暮らすことにしたのだ。

実は二人の本音は千葉より都会のマンション暮らしに憧れていた。マンションを下見したときには、その町に暮らす自分を想像して、時には喜びを感じ、時には苦痛を

「勝手に」感じていたりもしていた。

マンション探しを楽しんでいた姉妹であったが、希望に合っても女性二人の給料で買えるマンションには中々出会えない。ようやく手頃な物件を見付けたときにあの震災があった。

それまで安全と考えていた埋立地は液状化の問題が顕在化した。高層マンションに暮らす陽子の先輩は震災の当日徒歩で何とか自宅マンションに辿りつきながらも、エレベータが動かず自宅を目の前にして「帰宅困難者」になってしまった。

「ま、焦ることはないわ。またゆっくり探せばいい。暫くは仕事に専念しましょ。今は仕事、仕事」

良子が自分に言い聞かせるように言った。

そんな姉に陽子は「お前はキャリアウーマンか」とツッコミを入れようかと思ったが、やめた。震災当日に残した仕事を思い出したからだ。期末の今は仕事が山とある。

「そうね。私も仕事、仕事」

陽子も姉と同じ事を口にした。

震災から3週間が経った。陽子のオフィスも通常の勤務状態に戻っていた。この日は中国支社とネット回線を結んで定例のテレビ会議が行われていた。

「それでは、本日はこれにて閉会とします。なお今回は震災の影響で会議が1週間延期されましたので、次回は1週間後に開催します。皆様ご準備の程よろしく願いします」

片桐取締役の挨拶で会議は終了した。片桐は意地でも月2回ペースの「ノルマ」を達成したいようだ。会議参加者の一部から溜め息が漏れたが、片桐は気が付かない様子だった。

そんな会議の終わり際に陽子がポツリと独り言を漏らした。

「こんな話で工場の皆さんには申し訳ないな。せめて工場でやればいいのに」

会議参加者は工場側スタッフの方が圧倒的に多い。それでも片桐は会議のためだけに彼らを東京へ出張させているのだ。

最近大きな地震があったばかりだ。

「もしまた大きな地震が来たら、みんなを帰宅困難者にさせてしまう」と陽子は思う。

帰宅困難者の苦労を知る陽子は二度とこんな苦痛は味わいたくはないし、皆にもさせたくない。そんな心境から漏れた独り言だった。

会社を大きく変える切っ掛けは社長の大号令ばかりではない。時として一社員の何気ない「ぼやき」から始まることもある。陽子のこの独り言のように。

陽子の独り言を「たまたま」耳にした者がいた。隣の席にいた三神である。

会社には意味もなく漫然と繰り返される会議が多い。勿論最初はそれらにも意味があった。しかし回を重ねるごとにいつしか当初の目的を見失い、「会議をやること」自体に意味を持たせてしまうことがある。

「この会議が良い例だ」と三神には思える。

しかし片桐が熱心にこの会議を推進している。片桐がこの会議にどんな意味を見出しているのか、あるいは単に惰性で繰り返しているだけなのか、三神にも分からない。されど片桐が会議の中止はおろか場所の変更でさえ容易に許可しないことだけは分かる。

「でも岸本でさえ疑問に感じるようでは、そろそろ考え直す時期なのかな」そう考える三神が席を立とうとする陽子に話し掛けた。

「次から工場でやることを考えてみようか」

「え?」

目を丸くする陽子に三神は微笑んで、そのまま会議室を後にした。


自分のデスクに戻った三神は一人考えた。

「いっその事、場所の変更だけではなくて、もう少しまともなテーマを考えるか。工場でやるからには、僕より工場のスタッフに考えてもらう方が良いかな」

三神は工場のスタッフ一人ひとりの顔を思い浮かべてみた。が、「斬新」なアイデアを期待できそうな「顔」はなかった。

「やっぱり、難しいか」

諦めかけた三神の脳裏に一人の男の顔が浮かんだ。

「あ、彼に考えさせてみたら面白いことになるかも」

微かな笑みを浮かべた三神がデスクの電話に手を伸ばした。

10

それは智にとって意外な相手からの電話であった。智は三神に相談の電話を入れることはあるが、三神本人から電話を受けることは初めてだった。

「来週工場で中国支社とのテレビ会議を開く予定なのだが、前田君はメンバーではないけど今回は出席できないかな」

いつもと変わらぬ三神の口調だったが、「こんな事でわざわざ僕なんぞに電話するかな？　何か意図があるに違いない」と思いつつ、三神に答える。

「私でよければいつでも構わないですよ」

「そうか、ありがとう。ところでなんだが、せっかく場所を変えて会議をやるので、この機会に何か新しいテーマを考えてみたいのだが、アイデアはないかな」

「なるほどそういうことか」もう少し重い話を想像していた智は少し安心した。

三神の話によれば新しいテーマの内容は智に任せるが、根源的な話題または、今までにない斬新な視点で論じるものにしたいと言う。

「厄介な話で申し訳ないが、考えてもらえるとうれしいのだが。いや、今すぐにとは言わない。思い付いたら連絡して欲しい」

三神の話を聞きながら、智に一つのアイデアが浮かんだ。近いうちに三神に相談してみたいと考えていたことがある。それが良い議題になると智に思えた。

「中国戦略機種は中国々内で開発を行う。という提案はいかがでしょうか」

智の提案を聞いた三神は一瞬がっかりした表情を見せた。

確かに智が言うように、現在中国支社に工場はあるが、それは単なる生産拠点に過ぎない。中国市場を狙った戦略機種も今は日本国内で開発を行わざるを得ない実情がある。

だが、それでは現地のニーズにあった商品開発は難しい。開発も「地産地消」が理想的であることぐらい誰にだって分かる。

しかし西木機械には開発拠点を海外にも併設できる資金力はない。そればかりではなく、仮に中国に開発拠点を作ったならば、日本の技術が中国に漏えいするリスクも新たに生じてしまう。

三神にはこの提案が智には珍しく凡庸なものに思えた。

「それには何か策でもあるのかね」

三神は智を問い質した。

だが、智はこの質問を待っていたかのように即答する。

「はい、壊れる機械を作るのです」そう言って智が電話口でにんまりする。

「なんやそれ？」

普段は標準語で話す三神の口から咄嗟に地元の京都弁が出た。

智のこの考えは先月彼が中国支社へ出張した際、現地の日本人スタッフとの会話から生まれたアイデアだった。

そのスタッフと智はこんな話をしていた。

「前田さん、聞いて下さい。中国の競合相手のLJ社はメンテナンスサービスを一切やらないで売りっぱなしなんですよ」

智にとって初耳だった。

「それは、メンテナンスフリーということですか？」

「いやいや、とんでもない。壊れたら捨てるのですよ」

「え？　でもメンテナンスをしなかったら4、5年で壊れますよね」

「5年なんてとんでもない。1年で壊れる機械もありますよ。まあ、平均すれば3年くらいですね」

「3年で捨てちゃうのですか」

「そうなんですよ。お客様には『LJ社の機械を3年で捨てるより、弊社の機械を10年使う方が遥かにお得ですよ』と言っても、『3年で十分』らしいのですよ。あんなボッコな機械がよく売れるわ」

「え、3年で捨てる機械が沢山売れるのですか?」

「そうなんです。不思議ですよね。ただ、LJ社の機械はうちのコピーなんですよ。西木機械のブランドイメージに便乗している可能性はありますね。でも、見た目はそっくりなのによく壊れる。うちのイメージダウンにならないかと心配ですよ」

「でも、売れているということは、需要がある証拠ですよね。それにコピーと言っても中身は違うのですよね。LJ社の設計者って意外と優秀なのでは?」

「いやいや、社内には設計者は殆どいなくて、実行部隊は派遣の技術者集団みたいですよ。どうやら中国には仕事のたびに会社を渡り歩くプロの集団がいるみたいですよ」

「プロの集団か」と智はつぶやいた。

その日本人スタッフは笑い話で語ったつもりだろう。何度も「彼らの感覚が理解できない」を繰り返していた。でも、そこを追求してこそ本当の商売なのに。

智はここに中国市場を知る大きなヒントがあるように思えた。

「でも、なぜたった3年で良いのだろう？　決して安い設備ではないのに」

帰国後もその疑問は消えなかった。日本では設備機械は10年以上使えて当たり前なのだ。日本では「壊れない」ことが重要なキーワードになる。3年で捨てるなんて考えられない。

「あ、待てよ。そういうことか」

以前、智が中国人の商社マンから聞いた話を思い出した。

「中国では業界の流行り廃りが激しくて、成功しても儲かるのは5年が限界ですねえ」

雑談の中から溜め息混じりに出た言葉だった。

「そうだ、実に単純な理由だ。今は儲かっていても5年後は分からない。だから3年間フルに生産して儲けられるだけ稼ぐ。後は捨てればよい。だから10年使える機械より3年でよいから安い方が良い」

これこそが中国の本当のニーズだと智は確信した。日本の常識は中国では通用しない。

日本人が発想できない「壊れる機械」なんて、日本で開発できるはずもない。ならば日本の技術に頼らず、西木機械をコピーした派遣技術者集団を探し出して、彼らに設計させたい。

試作とテストは日本で行えば良い。そうすれば中国側の人員は最小限で済むし、技術漏えいの恐れもない。

とは言えＬＪ社と同じく3年で壊れる日本ブランド品など市場が評価するはずもない。それに、これからは中国市場も成熟化するはずだ。3年は短い。2倍の「6年」が適当な寿命だろう。但し価格はＬＪ社の5割増し以内。これなら売れるはずだ。

ここで重要なポイントは「計算通り」6年で壊れるための研究にある。余計な寿命はコストアップになるが、短ければイメージダウンになる。

その研究には相当な試行錯誤とデータの蓄積が必要になる。時間は掛かるが、そのデータは日本向けの商品開発にも有用なものになるに違いない。

しかしこの考えに賛同する者は智の周りには誰一人としていなかった。やはり、中国人の感覚を理解する事は難しいのだろう。

それで近々三神に相談したいと思っていたのだ。

そんな智の話を聞いていた三神は、電話の向こうで頷くことさえ忘れて智の話に聞き入った。そして一通り智の話を聞いた後、一つ息を吐いて智に言った。

「お前の発想はいつも俺たち常人の域をはるかに飛び越えているなあ」と三神が笑う。

「だが、面白い」力強く答えた。

新しいテーマは三神がダメ元で智に提案させてみたのだが、期待を上回る内容だった。

しかしこれを本当に提案したなら、会議が荒れるに違いないと三神にも思える。

「まあいいだろう。これくらいの風を吹かした方が面白い。前田、ひとつやってみるか」

三神の笑いがまだ止まらない。

「すぐに提案書の準備に掛かってもらえると嬉しいのだが、出来るかね」

「三神部長の頼みなら当然でしょ。次の会議までに間に合わせますよ」

智が即答した。

三神から感謝された智は一瞬舞い上がったが、すぐに気持ちを切り替えた。自分で提案したテーマではあるが、まさかそのまま「壊れる機械を中国で開発する」という提案書をまとめたら、荒れるどころか会議そのものをぶち壊しかねない。そんなことになったら三神に申し訳ない。

「さて、どうしたものか」

期限は1週間である。智は思いあぐねていた。

その頃東京では三神も戦略を練っていた。

「さて、まずは片桐取締役に工場での会議開催の承認をもらうか。今回は技術主体の内容だから問題はないだろう。もし反対されたら『参加人数が多くて本社の会議室では入りきれません』と言ってやればよい。

問題は会議での提案内容だ。会議が荒れることは気にならないが、前田や技術部に責任が及ぶことは避けたいな。ここは提案方法を工夫するか。

あ、その前に中国側に話を通しておこう。確か、中国には関根がいたな」

三神は元同僚で今は中国副支社長の関根に電話を入れた。

「三神がオレに電話するなんて珍しいな。さては何か企んでいるな」

三神の声を聞いた関根は挨拶も早々に済ませ、いきなり三神の「本音」を突いてきた。

「おいおい、久しぶりに話をするのに人聞きの悪いこと言うなよ」

三神はそう言いながらも、心の中では「こいつ相変わらず痛いところ突いてくるな」と笑った。

　関根が中国支社へ転勤して5年になる。三神は転勤前に関根と話をしたのが最後だった。久し振りの関根だが以前と変わらない様子に安心した。時間が昔に戻った気がする。

「では、仕方ないな。本音の話をするか」

　三神が少し思わせ振りに話し始めた。

「実はね、大きな声では言えない話だけど、小さな声では聞こえないから普通に話すね」

「ん？　要は普通に話すってことか」と一瞬考えた関根は警戒心を解かれてしまった。気が付くと三神の話に引き込まれていた。

　関根は三神の話に最初こそ驚いたものの、次第に面白くなってきた。

「すごいこと考えているな。まさかそれは本気じゃあないだろ？」

　三神の真意を探ってみた。

「いや勿論本気だ。僕より中国にいる関根の方が、この提案の意味を理解できるだろ」

「まあ、確かに。実際LJ社の機械はよく売れているからな」

　新しい会議のテーマは関根から見ても斬新で面白い。

「よし、三神分かった。こちらでも出来る限りの協力をするよ。何かできることがあったら遠慮なく言ってくれ」

「ありがとう。そのときは頼むよ。今はこちらの考えに理解してもらえるだけで十分だ」

昔と変わらない三神の声を聞いている関根に、三神と苦労を共にした懐かしい思い出が蘇ってきた。

関根自身も若い頃は突飛な発想で周囲を驚かせたものだ。特異過ぎて周囲から孤立したこともあった。そんな関根を理解してくれたのは三神だけだった。もし三神がいなかったら関根は会社を辞めていたに違いないと思える。

「多分、いま三神は昔のオレを見る目で、こんな発想をする彼を見ているのだろう」

そう思う関根はそんな彼に興味を引かれた。

「ところで、こんな発想する奴っていったい誰なんだい？」

「技術部の前田だよ。何回かそちらにも出張しているから、会ったことがあるんじゃないかな」

関根も前田という名前を聞いた事はあったが、面識はない。

「知らなかったな。こんな発想をするなんて、相当な変態なんだろうね」

関根の言う「変態」には想像を超える者への尊敬の念と深い愛情が込められている。

「ははは、間違いない。でも面白い奴だぞ。それに『変態さ』で勝負したら関根には到底敵わないぞ」

関根と三神は声を上げて笑い合った。


電話を切ったあと関根は一人考えていた。

「面白いなあ。なんとしてでもこれを実現したい。でも、こんな提案が日本ですんなり通るとは思えない。さて、どうしたものか」

暫し考え込んだ関根がふと不敵な笑みを浮かべた。

「そうだ、簡単なことだ。俺たちが勝手にやればよい。わざわざ会議前に電話するなんて、『そっちで勝手にやってくれないか』という意思表示に違いない。三神らしいな」

関根は一人笑った。

「とは言え、勝手に開発などしたら日本から相当な反発を食うなあ。三神に迷惑を掛けることにもなる。さて、どうしたものか」

関根が真顔に戻った。

「いや待てよ、見た目が似ていれば『中国市場に合わせた部分変更』が適用できるな。決裁権はこちらにある。日本に文句を言われる筋合いはない。仕事を進める間に三神が提案を通す可能性だってある」

関根は自分の考えに納得して肯いた。

「とは言いつつも、現実問題、上海だけで人口は二千万以上いるのだ。LJ社の派遣技術者集団を探し出すなんて雲を摑むような話だ」

少し考え込んだ関根の頭に一人の中国人の顔が浮かんだ。

「ここは周に頼んでみるか」

周は関根が通う上海スポーツジムの仲間である。歳も近く気さくで裏表ない周の性格から二人はすぐに親しい間柄になった。

周が上海でも有数の人材派遣会社の社長であることを関根が知ったのは、二人が初めて顔を合わせてから半年後のことだった。

親しくなったが、お互い仕事の話など殆どしたことがなかった。当然仕事を依頼したこともない。

「いきなりこんな話を持ち掛けても、相手にされないか」

冷静に考えれば何とも都合のよい無茶な話だ。しかし他に伝はない。

「構わない。当たって砕けてみるか」

関根は周の名刺を頼りに「突撃」してみることにした。

事前にアポを取っていなかったにも関わらず周は関根の訪問を歓迎し、自ら社長室に案内してくれた。

「お得意さんしかこの部屋には入れないのですよ」

周がにっこり笑う。このような場合、大抵は社交辞令なのだが、関根には周がそのような人間とは思えない。

関根は挨拶と短い雑談のあと早速本題に入った。

周も関根の話を真剣に聞き入った。ジムでみる陽気な関根とは違う「本気」の顔を見ることができて嬉しかった。

「中国で売る機械は中国人でなければ設計出来るはずもない」お世辞抜きの本気の関根の言葉だった。

周は関根のこの言葉に胸を熱くした。プライドが高い日本人からこんな言葉を聞くとは思ってもみなかった。

元々周にとって関根は一番信頼できる日本人である。その関根が直々に自分に頭を下げにきて熱く語ったのだ。なんとしてでも関根の希望を叶えたい。

「分かった。難しいとは思うけど、なんとか探してみるよ」

周は関根にそう約束して二人は分かれた。


関根が帰ったあと、関根が置いていった機械のカタログを見ながら周は一人考えた。

「少なくともうちにはこんな機械を設計した人間はいないなあ」

周の会社はシステム系の設計は得意だが、機械の設計者は少ない。

「だけどこの機械、どこかで見た記憶はあるぞ。何処だったかなあ」

カタログの写真とよく似た機械を見た記憶はある。周は記憶の中からその場所を探した。

「あ、そうだ上海機械見本市会場だ。そうそう、俺が趙から独立する前に彼と一緒に見に行ったんだ」

LJ社の開発が終わったあと、展示会場に招待された趙に周は同行していた。

「あの頃は趙とも仲が良かったなあ」

趙は周が独立する前に勤めていた人材派遣会社の社長である。元々周は趙の片腕的な存在であった。しかし考え方の相違から二人は袂を分かつ結果となった。

趙は日本人や日系企業が大嫌いである。対して周は日本人に対する嫌悪感はなく、重要なビジネスパートナーと考えている。そんな二人は意見が対立することも多く、ついに周は独立する道を選んだのだった。

周が独立したあと、趙からの執拗な攻撃に苦しみながらも、周は事業を拡大してきた。

「あろうことか趙の所にいたとは」

周は溜め息を漏らした。

「趙が俺の話を聞くはずもないな。そもそも日本嫌いの趙が西木機械の仕事なんて請けるわけもないか」

暫く下を向いて考え込んだ周がゆっくり顔を上げた。

「いや構わん。いつまでも趙と喧嘩ばかりしていられない。ダメ元で趙に頭を下げてみるか。趙だって関根の事を知れば少しは考えが変わるかも知れない。『頼られて動かぬは男の恥』いま男気を見せなくてどうする」

覚悟を決めた周は趙の会社へ向かうため席を立った。

周がビルの外に出ると、そこにはいつもより青い上海の空が広がっていた。通りを抜ける風が初夏のような暖かさを運んでいる。

「もうこんな季節になったのか。是融雪的风（雪を解かす風よ吹け）」

11

1週間後、陽子は中国支社とのテレビ会議に出席するため、神奈川県の工場へ向かっていた。最寄りの駅から工場まで徒歩15分程度だと聞いていた。もうすっかり春である。陽子は工場まで歩くことにした。

駅から工場に向かう通りには多くの街路樹が植えられている。木々の間から歩道に抜ける風が心地よい。

工場での会議開催は陽子の独り言が切っ掛けだった。それが本当に実現するとは陽子自身全く思ってもみなかった。

しかも今回は新しいテーマもあり、出席者も多いとの事だ。恐らく自分の知らない方ばかりだろうと陽子は思う。緊張感もあったが、楽しみもあった。

そんな事を考えながら歩き、陽子は工場の正門前に着いた。守衛所で社員証を見せ、会議に出席する旨を伝えてセキュリティエリア入室パスを受け取った。

工場の敷地に入って少し歩くと、これから会議が行われる事務棟が見えてきた。

「これが事務棟かあ。思っていたより大きいなあ」

陽子は事務棟に入った。会議室は事務棟のセキュリティエリア内にある。

もうすぐ会議が始まる。「ちょっと駅からのんびり歩きすぎたかな」と反省する陽子は事務棟内の廊下を急ぎ歩いた。


「ふー、なんとか間に合った」智は汗をぬぐった。

資料のパワーポイントデータを中国支社へメールで送信し、日本側参加人数分のコピーを済ませ、ネット回線を中国支社と結んでテレビ会議の準備を終えたのは、会議開始予定時刻の直前だった。既に参加メンバーも集まり始めている。

「中国戦略に於ける開発体制および、技術データ蓄積に関する考察」

今朝完成したばかりのこの資料には「中国で開発」とも「壊れる機械を作る」などとも一言も書かれてない。資料名も「提案書」ではなく「考察」として問題提議書とした。

しかし内容は提案書に近く、背景にある市場説明を読み解けば「壊れる事を前提とした機械を中国人の手によって開発すべし」と解釈できるよう工夫を凝らした。これは智と三神が綿密に作戦を練り上げた成果だ。

「準備が終われば僕の仕事も完了。結局昨日は徹夜をしてしまった。会議の進行は三神部長にお願いしてあるから、あと僕は会議室の隅で寝ていればよい」

智はそんな事を考えていた。本当に寝るわけにはいかないが。

「さて、今のうちに用を足しておくか」

トイレはセキュリティエリアを出た廊下の奥にある。智は事務棟の廊下を急ぎ歩いた。

そのとき、廊下の反対方向から30代半ば過ぎと思える一人の見知らぬ女性が近づいてきた。

二人はすれ違いざまに、お互い軽く会釈だけして特に言葉を交わすこともなく、そのまま反対方向へ立ち去った。

「社員しかここには入れないけど、見たこともないから、どこかの営業所の方かな」

間違いなく初めて見る方だった。でも、なぜか初対面ではないような感覚を覚えた。

不思議な感覚に惹かれて智が彼女の方に振り返ったとき、ふと窓の外の桜の木が目に入った。

すっかり葉桜になったその枝が春の風にゆっくり揺れている。その姿はまるで自分に手を振っているかのように智には見えた。

「おっといけない。もうすぐ会議が始まる。早く用を足しておこう」

瞬く間に2時間の会議予定時間は終了した。会議では智の心配をよそにこの提案に異を唱える者は少なかった。却下されることも覚悟していたが、「継続審議」が決定され、正式な議題に格上げされた。

だからと言って皆からの賛同を得られたと考えるのは早計だろう。もしかしたら皆が理解できる範囲を遥かに超えていて、疑問すら生じなかっただけなのかも知れない。

それにたとえこの会議で承認されたとしても、その先には開発会議や取締役会での審査が待っている。今後どのような結論に至るのか智には分からない。

だが今日の会議では今まで智の考えに全く理解を示さなかった人達でさえも、この提案を真剣に聞き入る様子が窺えた。

もしかしたら彼らもようやく己の見識の狭さに気が付いたのかも知れない。誰も言葉には出さなかったが、前向きな雰囲気が十分に感じられた。

智には何か大きな力が動き出したように感じられる。それは既に智の中から離れて、一人で歩き出したように思える。

「もうこの動きは誰にも止められない」

それは達成感より安心感に近い感覚だった。

「もしかしたら、僕が今まで退職をしなかった、いや免れた本当の理由は、今この瞬間を迎えるためだったのかも知れない。

だとしたら西木機械での僕の役割も終わりが近いのかな。今とは全く違う場所で、僕を必要とする所があるはずだ。

近い将来僕は新しい世界に飛び出すに違いない」

智はそんな「予感」を感じていた。

12

「彩香、もう遅いから寝なさい」

中学1年生の山本彩香は母の声にも反応せず、祖父の棺の前で泣き続けている。悲しい気持ちだけではない。申し訳なさと悔しさ、そして怒りが入り乱れた自分でもよく分からない複雑な感情だった。


彩香は幼い頃から祖父が大好きだった。毎日のように自宅の近所を祖父と一緒に散歩したり、たまに二人で街に出掛けたりもしていた。

祖父は身近にある動植物が大好きだった。幼い彩香と一緒に散歩しているとき、鳥の鳴き声を聞いてはその鳥の名前を教えてくれた。道端に咲く花を見ては、その花の名前だけではなく、食べられるかどうかも教えてくれた。

「おじいちゃん、お花を食べちゃだめだよ」

幼い彩香は祖父の手を引っ張りながら訴えた。少しむきになっている。

「そうかい。でも美味しいぞ」

そう言って、祖父はいたずらっ子みたいに笑った。

ここは高崎市の中心街から離れた郊外である。周りには広い田畑もあれば、大きめの川も流れている。小鳥たちだって飛び回っている。

それでも祖父が言うには、彩香が生まれる前にはもっと多くの鳥たちを見ることができたらしい。冬になればシベリアから越冬に来た白鳥の姿を見ることもできたという。

彩香はテーマパークの池でのんびり泳ぐ白鳥の姿しか見たことがなかった。

「え、白鳥さんって、お空を飛ぶことができるの？」

目を丸くして真剣に驚いている。

そんな彩香を祖父はいつも優しい笑顔で見守っていた。

祖父は若い頃はスポーツが大好きで活発な青年だったと、本人や父からも聞かされていたが、のんびり歩く祖父しか知らない彩香には想像もできなかった。

祖父は彩香に東京オリンピックの話もよくしてあげていた。

「あのときにはね、新型ウイルスとやらのせいでオリンピックが中止になるんじゃないかって心配したけど、無事できてよかったよ。でもほんとはね、マラソンを見たかったけど、さすがに札幌は遠すぎて諦めたんじゃよ」

彩香が生まれる遥か以前の2021年の話をつい昨日のことのように何度も話していた。

「おじいちゃん、そのお話はもう聞いたよ」

「そうだったかのう。ははは」

優しい顔で祖父が笑った。

「じゃあ、未来の話をするか。彩香は大きくなったら何になりたいのかな?」

「えー、考えたことなかったけど、うーん。お花屋さんかな」

少し顔を横に傾けてにっこり笑う姿がなんとも可愛らしい。

「そうか、彩香はお花が大好きだからね」

「うん。でもやっぱり、おじいちゃんの方が好きだから、うーん。お年寄りをたいせつにするお仕事がしたいかなあ」

「ほほー、それはいい。そのお仕事はね、介護師って言うのだよ」

「かいごし?」

「そうそう。彩香は優しい子だから、きっと立派な介護師さんになれると思うよ。おじいちゃんも応援するよ。彩香が大きくなって介護師になったら、おじいちゃんをお世話してくれるかな?」

「うん。だから、おじいちゃん。それまで、ずーっと、ずーっと元気でいてね」

彩香が元気に答えた。祖父にはまだあどけない彩香の成長した姿が見えたような気がして嬉しくなった。そして優しい笑顔で彩香を見つめて微笑んだ。

そんな祖父が彩香は大好きだった。

「おじいちゃん、だーいすき」

「おじいちゃんも、彩香がだいすきだよ」

そう言ってしわくちゃな顔で笑った。

13

彩香も中学生になった。思春期を迎えた彩香であったが、相変わらず祖父とは仲がよい。親には言いづらいことでさえ祖父には相談できた。

祖父も彩香が幼い頃に比べたら随分と年寄りらしくなったが、まだまだ元気である。彩香にはそんな祖父が頼もしい存在にも思えた。

部活や学業で忙しい彩香ではあるが、休日には祖父と一緒に街へショッピングに出掛けることもある。

今ではネット通販が当たり前になり、わざわざ店で買い物をする人は殆ど見なくなったが、彩香にとって買い物はどうでもよく、祖父と一緒に出掛けることが嬉しかった。「ショッピング」はただの口実だった。

そんな彩香に「事件」が静かに忍び寄ろうとしていた。

それは河川敷のもみじが色づき始めた頃の日曜の午後だった。いつものように彩香は祖父と一緒に街へショッピングに出掛けていた。

昔に比べれば街を歩く人も少なくなり、「人混み」なんて言葉は既に死語ともいえた。たまに見かける人はお年寄りの集団ばかりである。若い女の子と老人の二人連れは嫌でも目立ってしまう。

その二人をたまたま目撃した者がいた。彩香のクラスメイトの久子だ。彼女は彩香の小学校からの友人で、親友と言う程の仲でもないが、とても親しくしている友人の一人である。

久子は彩香たちに話し掛けることもなく、暫く二人の後をつけていたが、それは彩香が知るところではなかった。

翌日の朝、彩香が学校へ行くと違和感を覚えた。クラスメイトの彩香を見る目が今までと違う。何かよそよそしい雰囲気がする。クスクス笑う者までいた。

原因はすぐに分かった。教室に入ると正面のホワイトボードに大きく『爺コン彩香』といういたずら書きがあった。ご丁寧にもその文字の横には少女と爺が抱き合うへたくそな絵も描かれていた。

その文字の筆跡から彩香の親しい友人の犯行であることは明らかであり、彩香は彼女を問いただした。

「久子、なんでこんなことするの？」

「しーらない」久子がとぼける。

「私たち友だちでしょ！」

語気を強める彩香に久子は言い放った。

「だから、知らないって。彩香が好きな爺さんに聞いてみれば」

そう言って彩香の前から立ち去った。

彩香は悲しくなった。いたずら書きをされたことよりも、信じていた友人に裏切られた気持ちになり、寂しくて仕方なかった。


久子自身も最初は他愛のない小さな嫉妬心が全ての始まりだった。幼い頃から彩香は誰からも可愛がられ、一緒にいても注目されるのは彩香ばかりであった。いつしか成長に伴い久子の中に「彩香より注目されてやるわ」という感情が芽生えてゆくのであった。

嫉妬心そのものは決して悪いものではない。それが自分の能力を高めるプラス思考に向かえば、の話である。しかし中学生のこの時期は体の成長に心が追いつかず、不安定な精神状態に陥ることも多い。

そんな久子の心に隙が生まれてしまった。彩香への嫉妬心がやがて「彩香を蔑んでやりたい」というネガティブな思考にその姿を変えていくのであった。

そんなある日、たまたま目撃した彩香と祖父が一緒にいる姿は久子にとって格好の材料に見えた。祖父母と同居したことがない久子にとって、老人と仲良く手を繋いで歩く彩香は異様な存在にしか見えない。それが彩香の「性癖」にも思えた。

それが今朝の落書きという結果に表れたのだった。

その行為の代償は彩香にとってあまりにも大きいものになってしまった。やがて久子自身にもその代償がブーメランのように襲ってくるのだが、それは遠い先の話である。早く気が付けば傷も小さくて済むのだが。


落書き事件以降、彩香はクラスメイトから「爺コン彩香」というあだ名で呼ばれるようになり、無視やからかいのいじめを受けるようになってしまった。

それは授業中も容赦なかった。社会科の授業で歴史上の偉人の写真が出てくると早速彩香への攻撃が始まる。

「ほーら彩香、お前が好きなジジイだよ」

心無い男子にからかわれ、クラスメイト全員から笑われた。もう授業どころではない。

当然母は学校へ相談に行ったのだが、担任の男性教諭の反応は素気ないものだった。

「彼女とは仲が良いのでしょ。他愛のない冗談ですよ。いじめではないですよ」

そう言って全く取り合おうともしない。もしかしたら「教頭の座を狙っている」との噂が絶えない彼にとって、いじめの問題などあってはならない事なのかも知れない。

それだけではなかった。

「一般論ですがね、いじめの問題とは、いじめられる側にも問題があるものですよ」

まるで「彩香が悪い」とも受け取れる発言には母は耳を疑った。

もう何十年も前からいじめは社会問題になっているのに、何も改善されていない。

確かに先生から見れば、彩香がいじめられている理由など他愛のないものだろう。ただしそれは大人の感覚で見た場合の話である。子供の世界には大人には理解し難い闇がある。いじめ問題の根本的な対策が困難な理由がそこにあるのかも知れない。母にはそう思えてならない。無力感だけが母を支配した。

「もう学校にも行きたくない」

彩香は自分の部屋に閉じこもるようになった。食事の時でさえ他の家族が食べ終わる頃にようやく現れたと思ったら、無言でさっさと食べてすぐ部屋に戻る。そんな生活が繰り返される毎日だった。

心配した祖父がたまりかねて、

「彩香、お散歩でもしよう」と誘うのだが、

「おじいちゃんなんて大嫌い。あっち行って」

そんな返事しか返ってこなかった。つい最近までの彩香とはまるで別人のような孫が祖父には不憫でならなかった。


そんな日々が続いたある日のこと。祖父はいつものように一人で散歩に出掛けていた。だがいつもなら家に戻る頃なのに、まだ帰らない。

母は階段を上り彩香の部屋の前でドア越しに聞いてみた。

「彩香、おじいちゃん見なかった?」

「知らない」

部屋の中から彩香のぶっきらぼうな返事が返ってきた。

「変ねえ、おじいちゃんが大事にしている腕時計がリビングに置いたままなの。すぐに戻ると思ったのにねえ」

そう言いながら母は階段を下り、キッチンに戻った。

このとき机の上に伏していた彩香の中にある映像が蘇った。それは幼き日、祖父と手を繋いで散歩をしたときのことだ。その左腕にはいつも古い腕時計がはめられていた。

「あの時計かな」

彩香がつぶやきながら顔を上げた。

「あっ、」

このとき彩香の中に嫌な予感が生まれた。最初は小さな不安だったが、やがてそれは彩香の小さな胸いっぱいに広がっていった。

彩香は部屋を飛び出し階段を駆け下りた。

「外の空気を吸ってくる」

母にそう告げて急ぎ玄関を出た。

「彩香どうしたの？　珍しいわね」

母が台所から声を掛けたときには、彩香は既に家の外だった。

「風が冷たい」

昨日までとまるで違う空気が彩香の周りを支配した。気が付くと彩香は幼い頃祖父と一緒に散歩した道を走っていた。


嫌な予感は的中してしまった。彩香は自宅から少し離れた土手道で倒れている祖父を発見した。

すぐに救急車を呼んだが、到着までの10分程度の時間が彩香には何時間にも感じられた。

「おじいちゃん、おじいちゃん」

救急車を待つ間、彩香は何度も呼んだが反応がない。

ようやく遠くに救急車のサイレンが聞こえてきた。でも中々近づかない。

「なにしているの。ここよ！」

彩香は叫んだが無理もない。ここは一般道から離れた土手の上である。近くには狭い農道しかない。安全を考えれば致し方ない。

土手の下に到着した救急車から救急隊員が飛び出して、ストレッチャーを素早く担ぎ上げた。そして祖父を慎重に土手から下ろし、手際よく救急車に乗せた。

揺れる救急車の中で動かぬ祖父を彩香はじっと見つめていた。隣では救急隊員の懸命な心肺蘇生作業が続いている。

「1、2、3、…20。循環サインの確認用意。反応なし。継続！　1、2、3、…」

そんな声が彩香には遠くに聞こえる。

そして車内で聞くサイレンの音は周りの建物に反響し合い、とても悲しい音楽に聞こえる。

病院に着いてからの記憶は彩香には殆どない。ただ、医師から告げられた「運び込まれたときには既に息絶えていました」という言葉だけが胸に深く突き刺さっていた。急性心筋梗塞だった。

「私がおじいちゃんを殺したの」

無言で帰宅した祖父の棺の前で彩香は泣き崩れた。

「そんなことないって。病気だから仕方ないのよ」

母の言葉も彩香の耳には入らなかった。

彩香の脳裏には幼い頃祖父と一緒に散歩したときの祖父の手の温もり、買い物をしたときの街の喧騒、祖父の優しい声が次々に浮かんでは消えていった。思い出す祖父の顔はどれもが満面の笑みを浮かべていた。

「私がおじいちゃんに心配を掛けたからこうなっちゃったの」

「だからそんなことないって。おじちゃんだって彩香の優しさはちゃんと分かっているから、だから、今日はもう遅いから寝なさい」

必死な母の姿も目に入らず、彩香は一人考えていた。うつむき、拳を固く握っている。

「自分が悪いんだ。私が弱いからいけないんだ。あんな悪口言うやつなんて友達じゃない。無視すればいい。

『爺コン?』上等だわ。お年寄りを大事にすることって当たり前じゃん。私が強ければいいんだわ。ぜったい、ぜったい強くなってやる。大丈夫。おじいちゃんがきっと応援してくれる」

彩香がふいに顔を上げた。

「ママ、私介護師になる」

「彩香」

母は彩香の濡れた瞳の中に強い光を見た。母が初めて見る娘の顔だった。

（彩香よ、お前には味方がいっぱいいる。だから心配いらないよ。彩香は彩香らしく生きればよい）

誰かの声が聞こえたような気がした。

「え？」

彩香は声の方に振り返った。が、誰もいない。

「気のせいだわ。疲れているだけね」

そう思う彩香であったが、その「声」で不思議と気持ちが楽になったような気がする。

彩香は涙を拭い、一つ大きく息を吸い込み、そしてゆっくり吐いた。

すると呼気とともに体の中の毒素が抜け出るような感覚を覚えた。

「ママ、じゃあ私は寝るね」

母は普段通りの彩香の顔を見つめた。

「じゃあ、おじいちゃん。お休みなさい」

彩香は階段を上がり部屋に戻った。

祖父の遺影が笑っていた。

14

鳥のさえずりで智は目を覚ました。

「ひばりか、もうそんな季節か」

今年最初に聞くひばりの声だ。

「智さん起きたの？」

近くで妻の陽子が声を掛けた。既に彼女は着替えを済ませている。

「90過ぎの爺さんに『智さん』は恥ずかしいな」

眠い目をこすりながら智が答えた。

「その前に『おはよう』でしょ」陽子が返す。

「おはようございます」

智がわざとゆっくり挨拶をした。

「それでは『智さん』ではなくて、今度から『前田さん』って呼びましょうか？」と陽子が笑う。

「おい」

今度は智もすぐにツッコミを入れた。

智の故郷からほど近い群馬県内の山奥にある老人ホームにも、ようやく遅い春が来た。特別な設備があるわけではない。ホームの周りも豊かな自然以外何もないが、四季折々の風景や空気を感じられるこの場所を智も陽子も気に入り、二人して入居を決めたのだ。

「おじいちゃーん。前田さーん。朝食の準備ができましたので、食堂までお願いしまーす」

介護福祉士のキョンちゃんの元気で優しい声がした。どうやら智が起きるのを待って声を掛けたようだ。

キョンちゃんは智を「おじいちゃん」と呼び、陽子を「前田さん」と呼んでいる。入居間もない頃からそうであった。

「何で私が『前田さん』であなたが『おじいちゃん』なんでしょうね?」

陽子はいつも疑問に思っていた。

「さー。でも間違ってはないぞ」

確かに智の言う通りではあるが陽子は合点がいかない。「おじいちゃん」には何か特別な親しみが感じられるからだ。

「たぶん年配者を大事にしているんだろう」

そんな智の答えに陽子がうなずきながら返す。

「確かにそうですねえ。何せ智さんは私より9つも『ジジイ』ですからね」

「おい」

「そんなことより、さ、朝食に行こう」

智が陽子を誘った。

「はい。では智さん、車椅子をご用意しましょうか?」

「わしは自分の足で歩けるぞ」

二人はいつもこんな調子である。

そんな二人を廊下のかげからキョンちゃんが微笑みながら見守っていた。

「いつ見ても素敵なご夫婦ね。私もああなりたいな」

キョンちゃんが智を「おじいちゃん」と呼んでいるのは、単に智が年配者だからではない。キョンの亡くなった祖父に智がそっくりだったからだ。

キョンちゃんには祖父が亡くなった後も、いつも近くで自分を応援しているような不思議な感覚があった。

ある日、そんなキョンちゃんの前に祖父にそっくりな智が現れたのである。亡くなった当時の祖父に比べれば智の方が老けているが、「もし存命なら今の智さんくらいかな」とキョンちゃんには思えた。余計「リアルなおじいちゃん」に見える。

容姿だけではない。話し方や好みまでもが似ていた。どうしても智が祖父と重なって見えてしまう。

そのため、ホーム内では名前で呼ぶ規則があることを承知しつつ、ついつい「おじいちゃん」って呼んでしまうのだった。

そんなキョンちゃんが先輩介護福祉士の家木ユミから「おじいちゃん」について注意されているときだった。

たまたま近くを通り掛かった智が、キョンちゃんとユミの会話を耳にしてユミに言った。

「あのー、家木さん。実は僕がキョンちゃんに『おじいちゃん』って呼ぶようにお願いしているんですよ。何なら家木さんも僕のことを『おじいちゃん』って呼んでもらえんかのう」

そう言ってキョンちゃんを庇ってくれた。もしキョンちゃんの本当の祖父がいたなら、同じ事を言っていたはずだ。とキョンちゃんは思う。

「やっぱり『おじいちゃん』だ」

そう思うキョンちゃんだった。

智と陽子は食堂で普段より遅めの朝食をとっていた。二人はいつもと同じように長テーブルの端にお互い向かい合って座っている。他の入居者たちは既にその大半が食事を終えて各自の部屋に戻ったり、リビングでテレビを見たりして思い思いの時間を過ごしている。

智たちの隣のテーブルでは介護ロボットが食器を片付け始めた。

「やあ、ターちゃん。いつも働き者だね」

智がそのロボットに声を掛けた。

「あ、前田智さんと奥方様。おはようございます。お褒め頂きましてありがとうございます」

ターちゃんがにっこり笑った顔を曲面ディスプレイに表示させて答えた。答えながらも手を休めることはなく、手際よく食器を積み重ねている。

「あ、いけない。時計を忘れてきた」

智はいつも左腕にはめている時計を部屋に置いてきたことに気付いた。

「ターちゃん。いま何時だか分かる？」

「はい、今は２０５４年３月12日午前８時40分です。あ、今41分になりました」

「ありがとう」

智は礼を言うも、日付まで教えるターちゃんに思わず笑いそうになった。ターちゃんにも「ロボットらしい」ところが残っていて少し安心したのだ。

ターちゃんは再びにっこり笑うと、そのまま厨房へ食器を運んで行った。

「智さんが大事にしている時計を忘れるなんて、珍しいわね」

「ああ、今朝は慌ただしく部屋を出たからね」

陽子は智がいつもと少し違うような気がしたが、気のせいだろうと思う。

「では、ごちそう様でした」

「あら、もういらないのですか。どこか具合でも悪いのですか？」

陽子が少なめに配膳した朝食を半分ほど残して箸を置いた智が心配になった。最近あまり食欲がないようだ。体力も衰えているように見える。先ほど陽子が車椅子の話をしたのは冗談ばかりではなかった。

「体は大丈夫だよ。たぶん冬の疲れが出ただけだろう」

智はそう答えるも、食欲がないことは事実だった。何だか体も重く感じられる。

先に食事を終えた智がまだ食事中の陽子に話し掛けた。

「そういえば『キョンちゃん』って、本名だったたっけ?」

そう聞く智に陽子は微笑みながら答えた。

「本名ではありませんよ。彼女はいつも『キョン』として可愛らしいでしょ。だから皆からそう呼ばれているのですよ」

陽子が入居仲間から聞いた話だった。

「そうだったか」

そういえば智もキョンちゃん自身からそんな話を聞いたような気がする。

「でもね、キョンちゃんって可愛らしいけど、実にしっかりした娘さんだぞ」

優しい笑顔で智が話し始めた。

「キョンちゃんの話をする智さんって本当のおじいちゃんみたい。それに少し元気も出るようね」と思いながら陽子は智の話を聞いた。

「あの若さで介護福祉士になったのも偉いけど、それだけじゃあない。キョンちゃんの本業は技術者なんだぞ。

いま厨房でターちゃんが食器を洗っているだろ。彼の開発にキョンちゃんも関わっているらしいよ。キョンちゃんは人間の感情を理解するＡＩシステムの研究者なんだって。

なんでも、ターちゃんはね、僕たちが彼と話をするほどに人間の感情を学習するらしいよ。すごいよね」

そう言いながら智は不思議な懐かしさを覚えるターちゃんの方にふり返った。

「なるほど。どうりでターちゃんが変な冗談を言うと思っていたら、智さんといっぱいお話をしていたからなのですね」

陽子が真顔で感心する。

「おい」

陽子の方に顔を戻しながら智がツッコミを入れる。

「ところで、キョンちゃんの本名は何だったたっけ？」

智は話題を再びキョンちゃんの名前に戻した。

陽子はそんな智に「キョンちゃんのことにこんなにも詳しいのに名前も知らないのか」と思いつつ、記憶の中からキョンちゃんの名前を探した。

「えーと、確か、山本さんでしたわね」

暫く下を向いて考えていた陽子が顔を上げた。

「そうだわ、山本彩香さんですよ」


食事を終えた智と陽子はリビングへ移動した。リビングの窓際にはいくつかソファーが並べてあり、その中で二人は庭の方に向いている二人掛けのソファーに座った。ここがいつも二人の「指定席」なのだ。

春の柔らかい日差しが木漏れ日となって二人の足元を優しく照らしている。木の枝が作る影がゆっくりと揺れている。

智は昔見た不思議な夢を思い出していた。あの夢の中の年齢に智は追い付いていた。

「あの夢と今は随分違うな」

智は心の中でそう思った。でも一つだけ変わらぬものもある。

庭に目をやれば、２羽の小鳥がまるで鬼ごっこをするように飛び回り、時折庭木の枝に留まって羽を休めている。休んでいても囀りを止めることはない。

「なんて微笑ましい光景だ」

もしかしたら、そんな鳥たちの様子を楽しんでいたのは智たちだけではなかったのかもしれない。庭の木々も嬉しそうにゆっくりと春の風に枝を揺らしている。

「美しい光景だ」

この景色だけは、どれほど時が経とうとも変わることはない。と智には思えた。


庭を見ていた智がポツリと言った。

「僕は幸せものだな」

「どうしたのですか。急に」

陽子が隣の智に振り向きながら聞く。

智は微笑みながら陽子を見て、ゆっくりとうなずいた。そして心の中で思った。

「本当に幸せな人生だった。何一つ贅沢は出来なかったけど、平凡な毎日の中で小さな幸せをたくさん見つけることができた。陽子もこんな生活に幸せを感じてくれたみたいだ。それが何より嬉しい。実によい嫁をもらったものだ」

そんな感傷に浸っていた智が再びポツリと言った。

「僕たちは何で結婚できたのかなあ」

「何ですか、そんな昔のことは覚えちゃいませんよ」

陽子は少しはにかみながら答えた。

「確かに遠い昔の話だね」

智はそう答えるも、あの大震災が大きな転機だったように思える。

智は遠くを見ながら、自分の人生を大きく変えたあの日に想いを巡らせた。

「あの震災が、何もない平凡に生きることが一番幸せなんだって気づかせてくれたなあ。陽子と出会ったのは、確かその直後だった。そうそう、あの日偶然廊下ですれ違ったことから始まったんだった。

その後のことは、よく覚えてないけど、何も意識しない間に、気づいたら結婚していたなあ。おかしな話だ」

智が再び陽子の方にゆっくり顔を向けた。そのとき陽子もポツリと言った。

「そういえば、あの大震災が大きな転機だったかしらね」

陽子も同じ頃を思い出していたらしい。

「あの頃ね、私はマンションを探していたのですよ。でもね、震災があってマンション探しは中断してしまったわ」

陽子は一つ一つ思い出しながらゆっくり智に話した。

「その直後だったわね。智さんと出会ったのは。もし、あの時マンションを買っていたなら、結婚するって発想には、多分ならなかったと思うわ」

智も昔そんな話を聞いたような気がする。

「そういえば、僕が三神部長にお仲人さんをお願いした時に、『なんで僕が？』って部長は言っていたけど、三神部長は自分でも気が付かない間に僕たちのキューピッドになっていたんだよね」

「そうそう、そんなこともありましたね。そういえば、そのあと三神部長は社長にまでなられたんですよね」

陽子も嬉しそうに答えた。

「人生って不思議だね。どこに幸せの種が転がっているか分からないね」

「ほんとにそうですね」

陽子も肯いた。

智は思う。

「幸せの種って、誰のもとにも等しく運ばれてくるものだ。それは花々の種が風に乗って遠くの街に届けられるように。気が付かないうちに足元に転がっているものだ。

耳を澄ませば鳥たちの囀りが聞こえるように、心を澄ませばきっと幸せの種も見付けることができる。そんなものに違いない。

どんな種を見つけるか、そして、その種をどのように育てるかは、その人自身によって決まるものだと思う。

人生なんて楽しいことばかりではない。むしろ辛いことの方が多い。僕も子供の頃は酷いいじめに遭った。社会人になった後も上司のパワハラに苦しんだ時期も長かった。意に沿わない転勤をさせられたことも多くあった。嫌なことを数えたらきりがない。

でも、その全ての延長線上に今の自分はいるのだ。そう考えれば辛く悲しい経験も、嫌な思い出も、出会ったもの全てがやがて自分の糧となるのだ。そしてその糧が幸せの種を大きく成長させる力となるに違いない。

それに、辛い時期ほど自分を応援する人が近くにいてくれるものだ。その辛抱が本物である程、応援してくれる方は増え、その力も増すものだと思う。

ただその時にはその存在に中々気が付かない。時が経って振り返ってみたとき初めて多くの人々の力に気付くことが出来る。人間は一人でいても決して孤独なんかではない。だから、出会ったものすべてに感謝したい」

「みんなありがとう」

最後だけ思わず声に出してしまった。

「え、智さん。どうしたんですか？」

陽子に聞かれた智は少し赤面した。

「いや、陽子ありがとね」

「はい。こちらこそありがとうございます」

陽子もゆっくり微笑んだ。

二人は再び窓の外に目を向けた。庭の木の周りではまだ2羽の小鳥が元気に飛び回っている。

穏やかな時間だけが二人を支配している。智は遠い昔からずーっとこうしているような不思議な感覚を覚えた。

どれ程時間が経ったろうか。ふいに智が小さな声でつぶやいた。隣にいる陽子にも聞こえない声だった。

「疲れたな。少し休むか」

智は静かに目を閉じた。

鳥のさえずりが聞こえる。

小川のせせらぎが聞こえる。

ささめくような木々の枝が揺れる音が聞こえる。

いつしか智の感覚はホームを飛び出して森の中を駆け回っていた。少年の頃のように体が軽い。見えるもの全てが美しい。

そして、自分の体が春の暖かい風に優しく包まれている感覚を、智は最期に覚えた。

「ぼくは、ほんとうに幸せ者だ」

「智さん、こんなところで寝たら風邪引きますよ。ささ、お部屋に戻りましょう」

その声は、もう智には届かなかった。

「智さん」

陽子は智の穏やかな笑顔を心に焼き付けていた。